DU FONDEMENT

DE

L'INDUCTION

Τὠῦτόν ἐστι νοεῖν τε καὶ οὕνεκέν ἐστι νόημα.

PARIS. — IMP. SIMON RAÇON ET COMP., RUE D'ERFURTH, 1.

DU FONDEMENT

DE

L'INDUCTION

THÈSE SOUTENUE DEVANT LA FACULTÉ DES LETTRES DE PARIS

PAR

J. LACHELIER

Maître de conférences à l'École normale

Τωὖτόν ἐστι νοεῖν τε καὶ οὔνεκέν ἐστι νόημα.

PARIS

LIBRAIRIE PHILOSOPHIQUE DE LADRANGE

RUE SAINT-ANDRÉ-DES-ARTS, 41

1871

A MONSIEUR

FÉLIX RAVAISSON

MEMBRE DE L'INSTITUT
INSPECTEUR GÉNÉRAL DE L'ENSEIGNEMENT SUPÉRIEUR

HOMMAGE

DE RESPECT, DE RECONNAISSANCE

ET DE DÉVOUEMENT

I

L'induction est l'opération par laquelle nous
passons de la connaissance des faits à celle des
lois qui les régissent. La possibilité de cette opération n'a été mise en doute par personne : et, d'un
autre côté, il semble étrange que quelques faits,
observés dans un temps et dans un lieu déterminés, nous suffisent pour établir une loi applicable à tous les lieux et à tous les temps. L'expérience la mieux faite ne sert qu'à nous apprendre
au juste comment les phénomènes se lient sous
nos yeux : mais, qu'ils doivent se lier toujours
et partout de la même manière, c'est ce qu'elle
ne nous apprend point, et c'est cependant ce
que nous n'hésitons pas à affirmer. Comment donc
une telle affirmation est-elle possible, et sur quel
principe est-elle fondée? Telle est la question,
aussi difficile qu'importante, que nous allons essayer de résoudre.

La solution la plus naturelle en apparence consiste à prétendre que notre esprit passe des faits aux lois par un procédé logique, qui ne se confond pas avec la déduction, mais qui repose comme elle sur le principe d'identité. Sans doute, une loi n'est pas logiquement contenue dans une portion, petite ou grande, des faits qu'elle régit : mais il semble qu'elle soit au moins contenue dans l'ensemble de ces faits, et l'on peut même prétendre qu'elle ne diffère pas en réalité de cet ensemble, dont elle n'est que l'expression abrégée. S'il en était ainsi, l'induction pourrait être sujette à quelques difficultés pratiques, mais elle serait, en théorie, la chose la plus simple du monde : il suffirait, en effet, de former, à force de temps et de patience, la collection complète des faits de chaque espèce : ces collections une fois formées, chaque loi s'établirait d'elle-même par la substitution d'un seul terme à plusieurs, et serait dès lors à l'abri de toute contestation.

Cette opinion paraît avoir été celle d'Aristote, si l'on en juge par le passage célèbre des *Analytiques*, où il représente l'induction sous la forme d'un syllogisme. Le syllogisme ordinaire, ou du moins celui de la première figure, consiste, comme on sait, dans l'application d'une règle générale à un cas particulier : mais comment démontrer cette règle, lorsqu'elle n'est pas elle-même con-

tenue dans une règle plus générale? C'est ici
qu'intervient, suivant Aristote, le syllogisme in-
ductif, dont il explique le mécanisme par un
exemple. On se propose de démontrer que les animaux sans fiel vivent longtemps : on sait, ou l'on
est censé savoir, que l'homme, le cheval et le mulet sont les seuls animaux sans fiel, et l'on sait en
même temps que ces trois sortes d'animaux ont
une longue vie. On peut dès lors raisonner de la
manière suivante :

> L'homme, le cheval et le mulet vivent
>   longtemps :
> *or* tous les animaux sans fiel sont l'homme, le
>   cheval et le mulet :
> *donc* tous les animaux sans fiel vivent long-
>   temps.

Ce syllogisme est irréprochable et ne diffère pas,
quant à la forme, des syllogismes ordinaires de
la première figure : mais il en diffère quant à la
matière, en ce que le moyen, au lieu d'être un
terme général, est une collection de termes particuliers. Or, c'est précisément cette différence
qui exprime le caractère essentiel de la conclusion
inductive : car cette conclusion consiste, à l'inverse de la conclusion déductive, à tirer de la
collection complète des cas particuliers une règle
générale, qui n'en est que le résumé.

Quelle que soit la portée de ce passage, il est aisé de montrer que les lois ne sont pas pour nous le résultat logique de la simple énumération des faits. Non-seulement, en effet, nous n'hésitons pas à étendre à l'avenir des lois qui représenteraient au plus, dans cette hypothèse, la totalité des faits passés; mais un seul fait bien observé nous paraît une base suffisante pour l'établissement d'une loi qui embrasse à la fois le passé et l'avenir. Il n'y a donc pas de conclusion proprement dite des faits aux lois, puisque l'étendue de la conclusion excéderait, et, dans la plupart des cas, excéderait infiniment celle des prémisses. D'ailleurs chaque fait, considéré en lui-même, est contingent, et une somme de faits, quelque grande qu'elle soit, présente toujours le même caractère: une loi est, au contraire, l'expression d'une nécessité, au moins présumée, c'est-à-dire qu'elle porte que tel phénomène doit absolument suivre ou accompagner tel autre, si toutefois nous n'avons pas pris une simple coïncidence pour une loi de la nature. Conclure des faits aux lois serait donc conclure, non-seulement du particulier à l'universel, mais encore du contingent au nécessaire: il est donc impossible de considérer l'induction comme une opération logique.

Quant à l'autorité d'Aristote, elle est beaucoup

moins décisive sur ce point qu'elle ne semble au premier abord. Il est évident, en effet, qu'Aristote n'a pas admis sérieusement que l'homme, le cheval et le mulet fussent les seuls animaux sans fiel, ni qu'il fût possible, en général, de dresser la liste complète des faits ou des individus d'une espèce déterminée : le syllogisme qu'il décrit suppose donc, dans sa pensée, une opération préparatoire, par laquelle nous décidons tacitement qu'un certain nombre de faits ou d'individus peuvent être considérés comme les représentants de l'espèce entière. Or il est visible, d'une part, que cette opération est l'induction elle-même, et, de l'autre, qu'elle n'est point fondée sur le principe d'identité, puisqu'il est absolument contraire à ce principe de regarder *quelques* individus comme l'équivalent de *tous*. Dans le passage cité, Aristote garde le silence sur cette opération : mais il l'a décrite, dans la dernière page des *Analytiques*, avec une précision qui ne laisse rien à désirer. « Nous percevons, dit-il, les êtres individuels : mais l'objet propre de la perception est l'universel, l'être humain, et non l'homme qui s'appelle Callias. » Ainsi, de l'aveu même d'Aristote, nous ne concluons pas des individus à l'espèce, mais nous voyons l'espèce dans chaque individu ; la loi n'est pas pour nous le contenu logique du fait, mais le fait lui-même, saisi dans son essence et sous la forme de l'universalité. L'opinion d'Aristote sur le passage du fait à la loi, c'est-à-dire sur l'essence même de l'induction, est donc directement opposée à celle que l'on est tenté de lui attribuer.

Nous sommes ainsi obligés d'abandonner la solution proposée, et de reconnaître que l'induction n'est point fondée sur le principe d'identité. Ce principe est, en effet, purement formel, c'est-à-dire qu'il nous autorise bien à énoncer sous une forme ce que nous avons déjà énoncé sous une autre, mais qu'il n'ajoute rien au contenu de notre connaissance : nous avons besoin au contraire d'un principe, en quelque sorte, matériel, qui ajoute à la perception des faits le double élément d'universalité et de nécessité qui nous a paru caractériser la conception des lois. Déterminer ce principe, tel doit être maintenant le but de nos recherches.

L'existence d'un principe spécial de l'induction n'a point échappé à l'école écossaise : mais cette école ne paraît pas en avoir bien saisi le caractère et la valeur. « Dans l'ordre de la nature, dit Reid, ce qui arrivera ressemblera probablement à ce qui est arrivé dans des circonstances semblables. » Cet énoncé est inexact, et *probablement* est de trop : car il est parfaitement certain qu'un phénomène qui s'est produit dans certaines con-

ditions se produira encore, lorsque toutes ces conditions seront réunies de nouveau. Il est vrai que
le vulgaire se trompe presque toujours sur ces
conditions, et que la science elle-même a beaucoup de peine à les assigner exactement : de là
vient que notre attente est si souvent déçue, et
que nous ne connaissons peut-être aucune loi
dans la nature qui ne souffre quelque exception.
En fait, l'induction est toujours sujette à erreur :
en droit, elle est absolument infaillible : car, s'il
n'était pas certain que les conditions qui déterminent aujourd'hui la production d'un phénomène la détermineront encore demain, les pré-
visions fondées sur une connaissance imparfaite
de ces conditions ne seraient pas même probables. Royer-Collard est plus heureux lorsqu'il
fonde l'induction sur deux jugements dont l'un
énonce la stabilité et l'autre la généralité des lois
qui gouvernent l'univers : mais à peine a-t-il
posé ce double principe, qu'il le compromet, ou
plutôt le détruit par l'étrange commentaire qu'il
y ajoute. Selon lui, en effet, ces deux jugements
ne sont ni nécessaires ni évidents par eux-mêmes : la stabilité et la généralité des lois de la nature sont pour nous un fait, auquel nous croyons
parce qu'il est, et non parce qu'il serait absurde
ou impossible qu'il ne fût pas. Mais alors qui
nous garantit l'existence de ce double fait ? Est-ce

l'expérience universelle, ou serait-ce par hasard une induction antérieure à celle qu'il s'agit d'expliquer? Non, répond Royer-Collard, c'est notre nature elle-même. Il est difficile d'imaginer une confusion d'idées plus complète. Notre nature ne peut pas nous instruire *a priori* d'un fait d'expérience : or, en dehors de l'expérience et des faits, il n'y a pour nous que des vérités de raison, dont l'opposé est absolument impossible : un jugement qui n'est point empirique, sans être cependant nécessaire, est donc un véritable monstre, qui n'a point de place dans l'intelligence humaine. Reid semble douter de son propre principe : Royer-Collard n'hésite pas à prononcer lui-même la condamnation du sien.

Un savant illustre a formulé de nos jours l'axiome fondamental de l'induction, en disant que, chez les êtres vivants aussi bien que dans les corps bruts, les conditions d'existence de tout phénomène sont déterminées d'une manière absolue. Cette expression est aussi juste que précise et fait parfaitement comprendre comment notre esprit peut passer des faits aux lois : car, si chaque phénomène se produit dans des conditions absolument invariables, il est clair qu'il suffit de savoir ce que ces conditions sont dans un cas pour savoir, par cela même, ce qu'elles doivent être dans tous. Seulement il y a peut-être lieu de

distinguer dans la nature deux sortes de lois : les
unes s'appliquent à des faits très-simples, comme
celle qui porte que deux forces égales et opposées se font équilibre : les autres, au contraire,
énoncent entre les phénomènes des rapports plus
ou moins complexes, comme celle qui porte que,
dans les espèces vivantes, le semblable engendre
son semblable. Rien n'est moins simple, en effet,
que la transmission de la vie, et il est certain que
la formation d'un nouvel être exige le concours
d'un nombre prodigieux d'actions physico-chi-
miques : il est certain également que ces actions
ne s'exécutent pas toujours de la même manière, puisqu'il naît quelquefois des monstres.
Or si nous savions seulement *a priori* que les
mêmes phénomènes ont lieu dans les mêmes conditions, nous devrions nous borner à affirmer
que le produit de chaque génération ressemblera
à ses auteurs, *si* toutes les conditions requises
sont réunies ; et lorsque nous prononçons, au
contraire, en termes absolus, que le semblable
engendre son semblable, nous supposons évidemment, en vertu de quelque autre principe, *que*
toutes ces conditions sont en effet réunies, au
moins dans la plupart des cas. C'est ce second
principe que M. Claude Bernard a, en quelque
sorte, personnifié, dans la physiologie, sous le
nom d'*idée directrice* ou *organique :* mais il ne pa-

raît pas moins indispensable à la science des corps bruts qu'à celle des êtres organisés. Il n'y a pas en effet de loi chimique qui ne suppose, entre les phénomènes sensibles dont elle énonce le rapport, l'intervention de phénomènes insensibles, dont le mécanisme nous est absolument inconnu ; et, croire que ce mécanisme agira toujours de manière à produire les mêmes résultats, c'est admettre, dans la nature, l'existence d'un principe d'ordre, qui veille, pour ainsi dire, au maintien des espèces chimiques, aussi bien qu'à celui des espèces vivantes. La conception des lois de la nature, à l'exception d'un petit nombre de lois élémentaires, semble donc fondée sur deux principes distincts : l'un en vertu duquel les phénomènes forment des séries, dans lesquelles l'existence du précédent détermine celle du suivant; l'autre en vertu duquel ces séries forment à leur tour des systèmes, dans lesquels l'idée du tout détermine l'existence des parties. Or un phénomène qui en détermine un autre en le précédant est ce qu'on a appelé de tout temps une cause efficiente, et un tout qui produit l'existence de ses propres parties est, suivant Kant, la véritable définition de la cause finale : on pourrait donc dire en un mot que la possibilité de l'induction repose sur le double principe des causes efficientes et des causes finales.

Jusqu'ici nous nous sommes bornés à chercher le principe en vertu duquel nous passons de la connaissance des faits à celle des lois : maintenant que nous croyons l'avoir trouvé, il s'agit d'établir que ce principe n'est pas une illusion et peut nous conduire à une véritable connaissance de la nature : il faut, en un mot, qu'à la constatation du fait succède la démonstration du droit. Démontrer un principe est une entreprise qui peut, à la vérité, sembler téméraire, et à laquelle la psychologie écossaise ne nous a guère accoutumés : on dit, non sans quelque apparence de raison, que les preuves ne peuvent pas aller à l'infini, et qu'il faut bien en venir à un certain nombre de vérités absolument premières, qui sont le fond même de notre esprit, et qui s'imposent à nous en vertu de leur propre évidence. Mais, sans parler de la difficulté que l'on a toujours éprouvée à déterminer le nombre des vérités premières, quel droit a-t-on d'affirmer qu'une proposition absolument dénuée de preuves est un principe qui exprime la constitution de la pensée et des choses, et non un pur préjugé, résultat de l'éducation ou de l'habitude? On allègue l'impossibilité où nous sommes de concevoir l'opposé de ces vérités : mais la question est toujours de savoir si cette impossibilité tient à la nature des choses ou à la disposition subjective de notre esprit; et les sceptiques d'aujourd'hui répondent avec raison qu'il y a eu un temps où personne ne pouvait concevoir que la terre tourne autour du soleil. Sans doute, il est absurde de supposer que les principes puissent se résoudre dans d'autres propositions plus générales, qui leur servent de preuve : car, ou cette résolution ira à l'infini, et la démonstration des principes ne sera jamais achevée, ou elle aboutira à un certain nombre de propositions indémontrables, qui seront alors les véritables principes. Mais il n'est pas nécessaire que toute démonstration procède du général au particulier : car, lors même qu'une connaissance est la plus générale de toutes, il reste toujours à expliquer comment cette connaissance se trouve dans notre esprit, et à établir qu'elle représente fidèlement la nature des choses. Or il n'y a qu'un moyen de résoudre à la fois ces deux questions : c'est d'admettre que notre esprit ne débute pas par des généralités et des abstractions, et de chercher, au contraire, l'origine de nos connaissances dans un ou plusieurs actes concrets et singuliers, par lesquels la pensée se constitue elle-même en saisissant immédiatement la réalité. Ou notre science tout entière n'est qu'un rêve, ou les principes sur lesquels elle est fondée sont à leur tour l'expression d'un fait, qui est le fait même de l'existence de la pensée : c'est donc dans ce fait, et non dans un axiome primitif, que nous devons essayer de résoudre le principe sur lequel repose l'induction.

Reste à savoir maintenant en quoi consiste cette première démarche par laquelle la pensée entre en commerce avec la réalité ; et nous ne pouvons, ce semble, nous la représenter que de deux manières, puisque la philosophie contemporaine n'admet que deux définitions de la réalité elle-même. Ou, en effet, la réalité consiste exclusivement dans les phénomènes, et toute connaissance est, en dernière analyse, une sensation : ou bien la réalité est, en quelque sorte, partagée entre les phénomènes et certaines entités inaccessibles à nos sens, et, dans ce cas, la connaissance humaine doit débuter à la fois par l'intuition sensible des phénomènes et par une sorte d'intuition intellectuelle de ces entités. Nous partirons donc tour à tour, pour démontrer le principe de l'induction, de l'expérience proprement dite, et de l'intuition des choses en soi ; et ce n'est que dans le cas où aucune de ces deux voies ne nous conduirait au but que nous nous croirions autorisé à en tenter une troisième.

II

Nous n'avons pas besoin d'essayer pour notre compte une démonstration empirique du principe de l'induction : cette démonstration a été donnée par M. Stuart Mill dans son *Système de logique*, et, comme il ne nous paraît pas possible de faire mieux dans le même genre, nous nous contenterons de l'examiner. Il faut reconnaître d'avance que l'entreprise d'asseoir sur l'expérience sensible une proposition qui prétend au titre de principe n'offrait pas, malgré toute l'habileté de M. Mill, de grandes chances de succès ; mais la démonstration, même insuffisante, d'un principe vaut mieux, à tout prendre, et atteste un esprit plus philosophique que l'absence de toute démonstration.

Au reste, il est aisé de deviner que le principe démontré par M. Mill n'est pas précisément celui que nous avons formulé plus haut, et ne présente exactement, ni les mêmes éléments, ni les mêmes caractères. A la rigueur, il ne devrait pas plus être question, dans la philosophie de l'expérience, de causes efficientes que de causes finales :

car, si nos sens ne nous apprennent pas qu'une
série de phénomènes soit dirigée vers un but, ils
ne nous apprennent pas davantage que chaque
terme de cette série exerce sur le suivant une
influence quelconque. Il n'y a donc rien d'étonnant à ce que M. Mill garde, sur la finalité que
nous avons cru reconnaître dans les phénomènes,
un silence absolu : mais en quel sens peut-il dire
qu'un phénomène est cause de celui qui le suit,
et fonder l'induction sur ce qu'il appelle la loi de
causalité universelle? Il y a ici un compromis assez singulier entre les exigences de son système
et les tendances scientifiques de son esprit : car,
d'un côté, il rejette, comme une illusion, toute
idée de liaison nécessaire et, par conséquent, de
causalité véritable ; et, de l'autre, il n'hésite pas à
conserver le mot et, jusqu'à certain point, la
chose, en admettant entre les phénomènes un
ordre de succession absolument invariable qui
constitue, en fait, le plus inflexible déterminisme.
Il ne craint même pas d'étendre l'empire de ce
déterminisme jusqu'aux volontés humaines ; mais
il assure en même temps qu'il ne fait par là aucun tort au libre arbitre, puisque les causes de
nos actions se bornent à les précéder invariable-
ment, sans exercer sur elles aucune influence
réelle. Quant aux caractères du principe de l'induction, il n'y avait évidemment rien dans l'ex-

périence qui pût lui apprendre que tout phénomène *doit* avoir un antécédent invariable, et sa loi de causalité universelle ne pouvait être que l'expression d'un fait : mais, fait ou loi, que faut-il penser de l'universalité que M. Mill lui attribue? Nous trouvons ici un second compromis, beaucoup plus étrange que le premier, entre les besoins de la science et la logique de l'empirisme. La loi de causalité est valable, non-seulement pour notre système planétaire, mais pour le groupe d'étoiles dont notre soleil fait partie; elle sera encore en vigueur, non-seulement dans cent mille ans, mais, selon toute apparence, dans cent millions d'années : mais, au delà de ces limites, il se pourrait bien qu'elle eût le sort des lois particulières auxquelles elle sert de base, et que les phénomènes se succédassent, comme le dit expressément M. Mill, au hasard. Un ordre de succession, contingent et limité aux phénomènes sur lesquels notre esprit peut raisonnablement s'exercer, voilà, en définitive, tout ce que renferme le principe dont il nous reste à examiner la démonstration.

Cette démonstration, en apparence du moins, est fort simple. Nous ne connaissons immédiatement que des faits, et le seul moyen que nous ayons pour dégager de ces faits les vérités générales qu'ils peuvent contenir est l'induction : le

principe de l'induction doit donc être lui-même
le résultat d'une induction, sans qu'il y ait pour-
tant en cela de cercle à craindre. Il y a, en effet,
deux sortes d'induction : l'une est l'induction
scientifique, qui consiste à ériger en loi un seul
fait bien constaté, et qui suppose évidemment
que tout fait est l'expression d'une loi ; l'autre
est l'induction vulgaire, qui procède par simple
énumération d'exemples, qui ne suppose rien
avant elle, et qui, par conséquent, peut fort bien
servir de fondement au principe qui sert à son
tour à justifier la première. Il est vrai que cette
dernière forme d'induction est abandonnée, depuis Bacon, comme un procédé sans valeur ; et il
est certain qu'elle ne mérite aucune confiance
lorsqu'il s'agit des lois particulières de la nature,
parce qu'ici l'énumération n'est jamais complète,
et que cent exemples conformes n'excluent pas
la possibilité de cent exemples contraires. Mais
il n'en est pas de même lorsqu'il s'agit de la loi
de causalité universelle : comme il n'y a pas un
seul cas auquel elle ne soit applicable, il n'y a pas
eu un seul fait, depuis que les hommes observent
la nature, qui ne fût appelé à la confirmer ou
à la démentir ; et, comme elle a été confirmée
par tous sans être démentie par un seul, elle repose sur une énumération complète, et possède
une certitude irrécusable.

S'il n'y a pas de cercle dans cette démonstration, il y a du moins une pétition de principe
tellement manifeste qu'il faut y regarder à deux
fois avant de l'attribuer à un esprit aussi pénétrant que M. Mill. L'énumération des exemples,
dit-on, n'est jamais complète pour les lois particulières de la nature : l'est-elle davantage pour
la loi de causalité universelle? Peut-on assurer
d'abord que cette loi ne se soit jamais démentie,
même dans les limites déjà si étroites de l'expérience humaine? Les hommes n'ont-ils pas cru
longtemps, suivant M. Mill lui-même, à une sorte
de règne partiel et intermittent du hasard? Mais,
dans tous les cas, l'énumération dont on parle
ne peut porter que sur le passé : or il s'agit
avant tout de savoir si la loi de causalité est valable pour l'avenir, puisque cette loi doit servir
de fondement à l'induction, et que l'induction
consiste pratiquement dans une conclusion du
passé à l'avenir. Nous constatons aujourd'hui un
rapport de succession entre deux phénomènes,
et nous voulons savoir si le même rapport aura
lieu demain : oui, nous dit-on, car les phénomènes ont observé jusqu'ici un ordre de succession
absolument invariable. Mais d'où sait-on qu'ils
l'observeront encore demain? Et, si les lois particulières de la nature ont besoin d'être garanties
par la loi de causalité universelle, dans quelle

loi supérieure ira-t-on chercher la garantie de
cette loi elle-même?

Mais nous prenons mal la pensée de M. Mill : il
n'a pas pu croire que la conclusion du passé à
l'avenir, illégitime et impossible par elle-même
dans chaque cas particulier, devînt possible et
légitime en vertu d'une règle générale fondée
elle-même sur une conclusion semblable. Il est
persuadé, au contraire, que l'homme induit spon-
tanément et sans le secours d'aucun principe :
il déclare expressément que la loi de causalité
universelle, loin de précéder dans notre esprit les
lois particulières de la nature, les suit et les suppose; et c'est à ces lois elles-mêmes qu'elle emprunte, suivant lui, l'autorité dont elle a besoin
pour les garantir. Les inductions spontanées que
suggérait aux premiers hommes la régularité des
phénomènes les plus vulgaires ne leur inspi-
raient, en effet, qu'une confiance médiocre : ils
croyaient, sans en être bien sûrs, que tout feu
brûle et que toute eau désaltère : et, lorsqu'ils se
sont avisés de réunir sous un titre commun toutes
ces lois provisoires, ils ont cru, sans en être plus
sûrs, que les phénomènes en général sont assu-
jettis à des lois. Mais leur confiance s'est naturellement accrue à mesure que l'expérience confir-
mait le résultat de leurs premières inductions;
et chaque fait qui venait confirmer une loi par-

ticulière déposait par cela même en faveur de la loi de causalité, qui recueillait ainsi à elle seule autant de témoignages favorables que toutes les autres ensemble. Il n'y a donc rien d'étonnant à ce que cette loi ait fini par être investie d'une certitude absolue, tandis que les autres n'atteignaient par elles-mêmes qu'à un degré plus ou moins élevé de probabilité; et il est tout simple également que cette certitude rejaillisse, en quelque sorte, sur chacune des lois particulières, dont la loi de causalité est à la fois le résumé et la sanction. Le principe de l'induction ne repose donc, ni sur une stérile accumulation de faits passés, ni sur un système de lois déjà capables de se suffire à elles-mêmes; il est le dernier mot d'une induction spontanée, dont les résultats, plus ou moins probables tant qu'ils demeurent isolés, deviennent certains en se concentrant dans un seul; il est la clef de voûte qui couronne et soutient à la fois l'édifice de la science.

Ainsi entendue, la théorie de M. Mill ne contient ni cercle ni pétition de principe: mais elle se réduit à deux suppositions arbitraires, dont la seconde est, de plus, contradictoire. On ne voit pas d'abord comment le résultat de l'induction spontanée, probable, si l'on veut, en ce qui touche les lois particulières de la nature, peut devenir certain lorsqu'il s'agit de la loi de causalité

universelle. Cette loi, dit-on, régit autant de phénomènes, et, par suite, elle est aussi souvent
confirmée par l'expérience que toutes les autres
ensemble. Admettons que la probabilité de l'induction croisse en raison du succès : le nombre
des épreuves favorables à la loi de causalité sera
toujours fini, et ne pourra, par conséquent, lui
faire franchir la distance infinie qui sépare la
probabilité de la certitude. Dire que cette loi
réussit dans tous les cas, c'est abuser d'une équivoque : car cette expression ne peut évidemment
s'entendre que du passé, et, pour qu'elle signifiât
tous les cas sans restriction, il faudrait qu'il ne
restât plus de faits à venir, et, par conséquent,
qu'il n'y eût plus d'inductions à faire. En second
lieu, qu'est-ce que cette induction spontanée, et
quelle place occupe-t-elle dans un système où
l'expérience est présentée comme la source unique de nos connaissances? Est-ce donc une seule
et même chose d'observer la production d'un
phénomène et de juger que le même phénomène
se reproduira dans les mêmes circonstances? Mais
ce n'est pas tout : en supposant que, dès la première observation (car la centième sur ce point
ne nous en apprend pas plus que la première),
les hommes aient été en droit de conclure du
passé à l'avenir, comment se fait-il que cette conclusion n'ait été d'abord que probable? De deux

choses l'une, en effet : ou, au moment de cette première observation, leur esprit ne contenait pas autre chose que la perception d'un fait extérieur, et il n'y avait rien dans cette perception qui pût leur suggérer la plus légère anticipation sur l'avenir : ou, à cette perception, ils ajoutaient, en la tirant apparemment de leur propre fonds, la conception d'une liaison durable entre les phénomènes, et cette conception, comme tout jugement *a priori*, avait une valeur absolue, que les résultats ultérieurs de l'expérience ne pouvaient pas plus accroître que diminuer.

Il reste bien un moyen d'échapper à tous ces inconvénients ; mais, comme ce moyen n'est pas expressément indiqué dans l'ouvrage de M. Mill, nous ne pouvons que le proposer, sans savoir si l'illustre auteur consentirait à y souscrire. Supposons d'abord que l'induction spontanée ne soit pas un jugement porté par notre esprit sur la succession objective des phénomènes, mais une disposition subjective de notre imagination à les reproduire dans l'ordre où ils ont frappé nos sens : on peut accorder, sans franchir les bornes de l'empirisme, que cette disposition, d'abord purement virtuelle, se développe en nous sous l'influence de nos premières sensations ; et l'on conçoit en même temps que, faible à son début, elle soit incessamment fortifiée par l'ordre inva-

riable dans lequel se succèdent, en fait, toutes
ces sensations. Supposons, en second lieu, que la
probabilité consiste pour nous dans une habitude
puissante de l'imagination, et la certitude, dans
une habitude invincible : le passage de la probabilité à la certitude n'a plus, à son tour, rien
d'inconcevable, pourvu que l'on n'attache pas au
mot *invincible* un sens trop absolu, et que l'on
avoue que notre croyance à la causalité universelle, fondée sur un nombre prodigieux d'impressions conformes, pourrait être ébranlée à la longue par le choc répété d'impressions contraires.
La logique n'a donc, cette fois, rien à dire : mais
que devient la science, c'est-à-dire la connaissance objective de la nature? M. Mill dira-t-il qu'il
n'admet pas la distinction vulgaire entre la nature et notre esprit, c'est-à-dire entre le système
de nos sensations et un système de choses en soi?
Mais ce qui, dans sa doctrine, tient la place de la
nature, ce sont nos sensations actuelles, et non
les traces qu'elles laissent après elles dans notre
imagination : ce sont ces sensations, et non leurs
images, dont la science doit constater la liaison
et prévoir le retour. Or, de ce que nous avons
pris l'habitude d'associer dans un certain ordre
les images de nos sensations passées, s'ensuit-il
que nos sensations futures doivent se succéder
dans le même ordre? Cette nature intérieure,

dont le cours ne se règle pas sur le jeu de notre imagination, ne nous échappe-t-elle pas au même titre que la nature extérieure à laquelle croit le vulgaire? Et le résultat de cette théorie n'est-il pas le pur scepticisme, qui détruit toute prévoyance raisonnée, et ne nous laisse qu'une prudence machinale semblable à celle des animaux?

Au reste, que M. Mill le veuille ou non, il est certain que ce scepticisme est le fruit naturel et toujours renaissant de l'empirisme. Si la nature n'est pour nous qu'une série d'impressions sans raison et sans lien, nous pouvons bien les constater, ou plutôt les subir, au moment où elles se produisent: mais nous ne pouvons, ni en prédire, ni même en concevoir la production future. Ce que l'empirisme appelle notre pensée, par opposition à la nature, n'est qu'un ensemble d'impressions affaiblies qui se survivent à elles-mêmes: et, chercher le secret de l'avenir dans ce qui n'est que la vaine image du passé, c'est entreprendre de découvrir en rêve ce qui doit nous arriver pendant la veille. Nous voulons asseoir l'induction sur une base solide: ne la cherchons pas plus longtemps dans une philosophie qui est la négation de la science.

III

Il est étrange que l'école de M. Cousin ait, en général, considéré le principe de l'induction comme primitif et irréductible : car la doctrine de cette école sur les substances et les causes lui offrait, ce semble, un moyen facile d'en rendre compte. Si, en effet, les phénomènes sont soutenus et produits par des entités soustraites aux vicissitudes de l'existence sensible, quoi de plus naturel que de chercher dans l'action uniforme de ces entités la raison de la succession constante des phénomènes? Et quoi de plus satisfaisant que de rattacher le principe qui sert de base à la science à celui que l'on regarde comme la base de la métaphysique et la loi suprême de la pensée?

On formule ordinairement, dans cette école, le principe de l'induction, en disant qu'il y a de l'ordre dans la nature : mais on ne donne peut-être pas toujours de cet ordre une idée suffisamment précise. Veut-on dire, en effet, que les phénomènes élémentaires, qui composent la trame cachée des choses, s'enchaînent en vertu d'un mécanisme inflexible, que ce mécanisme doive maintenir ou renverser l'ordre extérieur et apparent de la nature? Veut-on dire, au contraire, que la nature est engagée à maintenir l'harmonie des êtres, la distinction des espèces, l'organisation, la vie, quelques moyens, du reste, qu'elle doive prendre pour y parvenir? L'ordre, en un mot, est-il dans les moyens ou dans les résultats? Cette question ne sera plus douteuse si l'on consent à rattacher l'idée de cet ordre à la doctrine des substances et des causes. On croit, en effet, généralement que le nombre de ces entités est égal à celui de ces groupes constants de phénomènes que nous appelons des êtres ; et leur présence paraît surtout indispensable dans les êtres organisés, pour lesquels elles sont un principe tout à la fois d'unité et d'action. Leur fonction n'est donc pas d'enchaîner chaque phénomène à un précédent par le lien d'une nécessité aveugle, mais plutôt de coordonner plusieurs séries de phénomènes suivant une loi de convenance et d'harmonie; si ce ne sont pas des causes finales, au sens d'Aristote et de Kant, ce sont du moins des causes qui agissent pour des fins. La conception de l'ordre universel est donc, dans cette doctrine, exclusivement téléologique. Or, s'il importe avant tout aux hommes de pouvoir compter sur la régularité des phénomènes

plus ou moins complexes auxquels leur conservation est attachée, l'objet propre de la science,
celui qu'elle poursuit aujourd'hui avec plus d'ardeur que jamais, est, au contraire, de déterminer
les conditions élémentaires de ces phénomènes :
elle a donc besoin d'un principe qui lui garantisse le rapport des causes aux effets plutôt que
celui des moyens aux fins, d'un principe de nécessité plutôt que d'harmonie. Si chaque être
sensible est l'ouvrage d'une chose en soi, qui emploie sa sagesse à le conserver, il suffit de constater, par une observation superficielle, les résultats ordinaires de ce travail occulte : mais il
est absurde de poursuivre d'expériences en expériences un mécanisme de phénomènes qui ne
serait propre qu'à l'entraver et dans lequel
s'évanouirait jusqu'à la distinction des êtres individuels. Le principe de l'ordre universel, ainsi
entendu, est donc la condamnation formelle de
la science proprement dite.

Quelle que soit l'insuffisance de ce principe, il
est intéressant d'examiner si la métaphysique de
l'école qui l'a adopté lui offre du moins un fondement solide. La difficulté ne consiste pas à déduire la notion de l'ordre universel de celle des
choses en soi : car, bien que cette dernière notion soit assez vague, tout ce que l'on croit savoir du mode d'existence et d'action de ces choses

est tellement propre à expliquer le maintien d'un ordre extérieur dans la nature, que l'on est tenté d'y voir une hypothèse ingénieuse plutôt qu'un principe certain par lui-même. Mais on ne l'entend pas ainsi, et l'on considère l'existence des choses en soi comme la pierre angulaire et presque comme l'édifice entier de la métaphysique : voyons donc comment on la prouve, et si elle peut même être prouvée.

Le procédé le plus simple, sinon le plus sûr, consiste à invoquer en faveur de cette existence le témoignage du sens commun. Peut-on concevoir, dit-on quelquefois, une propriété qui ne réside pas dans une substance, un événement qui ne soit pas déterminé par une cause? Non certes : mais il s'agit de savoir ce que le sens commun entend précisément par une cause et par une substance. Tout le monde croit qu'une odeur provient d'un corps odorant et qu'une saveur appartient à un corps sapide : mais on étonnerait profondément un homme étranger aux spéculations philosophiques, en lui assurant que ce corps, qui frappe ses regards et qui résiste à son effort, n'est lui-même qu'une modification superficielle d'une entité qu'on ne peut ni voir ni toucher. *Substance*, pour le vulgaire comme pour les savants, est synonyme de *matière* ; et la croyance que toute réalité est matérielle est si

profondément enracinée chez la plupart des
hommes, qu'il n'y a guère que des raisons morales ou religieuses qui puissent les décider à
faire une exception en faveur de l'âme humaine.
Quant au mot *cause*, il signifie pour eux un phénomène qui en détermine un autre ; ils ne sont
pas, en effet, de l'avis de M. Mill, qui n'admet
entre deux phénomènes qu'un rapport de succession, sans aucune influence réelle ; mais ils
sont encore plus éloignés de croire que les phénomènes apparaissent ou disparaissent au gré
d'êtres mystérieux, armés d'une sorte de baguette
magique. Les exemples même dont on se sert se
retournent contre cette doctrine : car, lorsqu'un
homme a été assassiné, la justice cherche la cause
immédiate de cet événement dans le mouvement
d'une arme poussée par un bras et ne s'égare
pas à la poursuite d'une entité qu'elle aurait trop
peu de chances d'atteindre. Si l'on osait faire
parler au sens commun la langue de Kant, on
pourrait dire qu'il croit fermement aux *substances*
et aux *causes phénomènes*, mais qu'il n'a pas le
moindre soupçon des *noumènes*.

Si l'on renonce à consulter le sens commun
sur une question qui lui est, après tout, étrangère, il ne reste, ce semble, qu'à soutenir que
nous connaissons les substances et les causes par
une intuition immédiate, analogue à celle des

sens : car, dire que l'on sait qu'il y en a parce
qu'on le sait, et sans expliquer comment, c'est
avouer que l'on n'en sait rien et que l'on n'a rien
à dire. Si nous n'avons aucune intuition de ces
entités, nous n'en avons aucune idée, et le mot
qui les désigne n'a aucun sens : l'affirmation même
de leur existence est sans fondement, et la nécessité que l'on allègue ne peut avoir qu'un caractère subjectif et illusoire. Il faut laisser à l'école
écossaise ces vérités en l'air, qui s'imposent à l'esprit en vertu d'une prétendue évidence ; et c'est
peut-être parce que la doctrine des substances et
des causes a conservé trop longtemps chez nous
cette forme abstraite, que l'on a jugé inutile de
résoudre le principe de l'ordre universel dans un
principe qui n'avait pas lui-même une assiette
plus solide. D'un autre côté, il faut avouer que
l'intuition, à laquelle on a eu également recours,
ne nous a pas fourni jusqu'ici de notions bien
précises sur la nature de ces entités et sur la manière dont elles opèrent. Tout ce qu'on sait sur ce
dernier point, c'est qu'elles se développent ou se
manifestent, ce qui veut dire simplement qu'elles
contiennent la raison des apparences sensibles ;
et, quant au premier, non-seulement leur essence
est encore inconnue, mais leur nombre même
est si mal déterminé, que l'on emploie assez souvent les mots *substance* et *cause* au singulier :

comme si un phénomène pouvait être produit par l'idée générale de *la cause*, ou comme si tous les phénomènes étaient l'effet immédiat d'une Cause unique et infinie. Mais, si l'intuition ne nous instruit guère sur la substance et la cause d'un phénomène donné, elle est encore moins propre à nous apprendre que *tout* phénomène *doit* avoir une substance et une cause : car elle ne peut se rapporter qu'à un objet déterminé, et l'intuition d'un principe, en dehors de toute application actuelle, est une contradiction dans les termes. L'existence d'une chose en soi au delà d'un phénomène ne serait pour nous, s'il nous était donné de l'apercevoir, qu'un fait particulier et contingent : et, quand toutes choses apparaîtraient successivement ou à la fois aux yeux de notre esprit, cette expérience d'un nouveau genre ne nous révélerait qu'un fait universel, et non une vérité nécessaire. C'est donc en vain que l'on essaie de fonder la métaphysique sur ce qu'on appelle le *principe de substance* et le *principe de cause :* car, si la connaissance des choses en soi est intuitive, elle ne peut revêtir la forme d'un principe, et, si elle ne l'est pas, elle ne peut prétendre à aucune valeur objective.

L'influence tardive de Maine de Biran a fait naître dans l'école de M. Cousin une théorie moyenne, également éloignée, on le croit du

moins, d'un dogmatisme abstrait et de ce qu'on
pourrait appeler l'empirisme de la raison pure.
Suivant cette théorie, et contrairement à la doctrine primitive de l'école, nous saisissons immédiatement, non par la raison, mais par la conscience, une substance et une cause qui est nous-
mêmes; et l'office de la raison se borne à donner
à cette connaissance primitive une forme universelle et nécessaire, en nous révélant que les phénomènes qui nous sont étrangers n'ont pas moins
besoin de substance et de cause que ceux dont
nous sommes le sujet. Mais, que l'opération de
la raison soit primitive ou secondaire, il importe
également de prouver que cette opération est
légitime : et, si l'on demande de quel droit nous
étendons à tous les phénomènes les conditions
d'existence de quelques-uns, il faudra toujours
en revenir à l'idée, soit d'une science sans
origine assignable, soit d'une intuition semblable à celle que l'on regarde comme le privilége
exclusif de la conscience. D'un autre côté, on
peut élever quelques doutes sur la réalité, ou du
moins sur l'étendue de ce privilége : et, sans
contester le caractère original de la notion du
moi, il est permis de se demander si la conscience
nous met en présence d'une substance et d'une
cause, dans le sens où l'on prend ces mots, c'est-
à-dire d'une chose en soi, distincte des phéno-

mènes internes. On ne paraît pas, du reste, en être bien convaincu, puisque l'on continue à établir la spiritualité et l'immortalité de l'âme par des arguments que cette hypothèse, si elle était vérifiée, rendrait absolument inutiles : et, s'il est incontestable que le *moi* concentre dans son unité et enchaîne dans son identité toute diversité soumise à la conscience, peut-être est-il juste de ne voir dans cette unité et cette identité que les conditions formelles de la conscience elle-même, et non les attributs d'une substance chargée d'en expliquer l'apparition et d'en garantir la durée. Il n'est pas douteux non plus que nos actes procèdent librement et immédiatement de notre faculté de vouloir : et, d'un autre côté, si, comme l'ont cru Leibniz et Kant, la succession de nos états internes n'est pas soumise à des lois moins rigoureuses que celle des phénomènes physiques, il faut bien avouer que nous ne trouvons pas plus au dedans de nous qu'au dehors la trace de cette initiative absolue qui semble devoir caractériser l'action d'une cause supra-sensible. Mais admettons que nous ayons conscience d'une telle initiative : est-ce donc sur ce modèle qu'il faudra concevoir les causes distinctes de nous, et pouvons-nous confier le soin de maintenir l'ordre dans la nature à des entités douées d'une liberté d'indifférence?

Une dernière et profonde modification de la doctrine des substances et des causes consiste à remplacer ces deux mots par celui de *force*, et à dire que nous percevons immédiatement, par une sorte de sens spécial, le conflit de notre force avec les forces étrangères. Le fait que l'on constate est certain, mais il est certain aussi que l'on se contente de constater un fait, et que l'on renonce à démontrer un principe : car le sens dont on parle nous apprend bien que notre mouvement est produit par une force, et nous fait même reconnaître indirectement l'action d'une autre force dans la résistance qu'il rencontre : mais ce sens est évidemment impuissant à nous apprendre que tous les mouvements qui s'exécutent dans l'univers sont produits ou arrêtés par des forces semblables. De plus, lorsqu'on parle des forces comme de choses en soi, on se figure sous ce nom je ne sais quels êtres spirituels, dont chacun est chargé d'imprimer le mouvement, soit à un corps vivant, soit à une masse de matière inorganique : or c'est là une supposition qui n'est pas seulement gratuite, mais qui est absolument démentie par l'expérience. On peut bien dire qu'un astre en mouvement est animé d'une seule force, mais il est absurde de se représenter cette force comme un être simple et indivisible : car, si cet astre vient à se briser en plusieurs fragments qui continuent à marcher chacun de son côté, on est bien obligé de reconnaître que la force totale qui l'animait s'est décomposée en autant de forces partielles qu'il y avait de fragments à mouvoir. Nous savons que notre énergie musculaire peut, sous l'influence de notre volonté, se concentrer dans un seul effort, mais nous ne savons point si elle procède d'un seul foyer, ou plutôt nous savons certainement le contraire : car, pendant qu'une partie de cette énergie reste soumise à notre direction, une autre peut déterminer, dans quelques-uns de nos membres, des mouvements convulsifs qui ne diffèrent pas en eux-mêmes des mouvements volontaires. Ainsi, non-seulement rien ne nous autorise à affirmer que l'univers soit un système de forces, mais l'existence de notre propre force, dans le sens où l'on prend ce mot, est une fiction insoutenable : la force n'est pas plus une chose en soi que l'étendue, dont elle est, du reste, inséparable, et la sensation particulière qui nous en atteste la présence ne nous fait pas faire un seul pas hors de la sphère des phénomènes. Seulement, lorsqu'on se borne à dire que les phénomènes reposent sur un *substratum* inaccessible aux sens, si l'on ne nous donne pas une idée précise de ce *substratum*, on nous laisse libres du moins de le concevoir à notre guise, ou plutôt on nous détermine presque irrésistiblement à en chercher le type dans notre propre pensée : lorsqu'on croit, au contraire, saisir immédiatement ce *substratum* dans chaque effort volontaire, on déclare sans détour que la tendance au mouvement ne procède que d'elle-même : les chimériques entités dans lesquelles on essaie de la réaliser ne tardent pas à s'évanouir, et l'on nous laisse, en définitive, en présence d'un pur phénomène, chargé de s'expliquer lui-même et d'expliquer tous les autres. Une métaphysique qui cherche son point d'appui dans l'expérience est bien près d'abdiquer entre les mains de la physique.

La doctrine des substances et des causes et celle qui ne reconnaît rien au delà des phénomènes échouent donc également devant le problème de l'induction, mais pour des raisons différentes. L'empirisme s'efforce vainement d'asseoir un principe sur le terrain solide, mais trop étroit, des phénomènes : la doctrine opposée, pour donner à ce principe une base plus large, bâtit dans le vide et ne réussit qu'à constater un besoin de l'esprit en croyant le satisfaire. Les substances et les causes ne sont qu'un *desideratum* de la science de la nature, un nom donné aux raisons inconnues qui maintiennent l'ordre dans l'univers, l'énoncé d'un problème transformé en solution par un artifice de langage. Des deux voies que nous avons suivies jusqu'ici et entre lesquelles notre choix semblait renfermé, aucune ne nous a donc conduits au but : en existe-t-il une troisième, et où la trouverons-nous ?

IV

Quelque embarrassante que cette question paraisse au premier abord, notre hésitation ne peut pas être longue, car nous n'avons absolument qu'un parti à prendre. En dehors des phénomènes, et à défaut d'entités distinctes à la fois des phénomènes et de la pensée, il ne reste que la pensée elle-même : c'est donc dans la pensée, et dans son rapport avec les phénomènes, que nous devons chercher le fondement de l'induction. Mais avant de tenter une solution de ce genre, essayons d'en donner une idée précise et de dissiper les préventions qu'elle pourrait soulever.

Il n'y a que trois manières possibles de rendre compte des principes, parce qu'il n'y a aussi que trois manières de concevoir la réalité et l'acte par lequel notre esprit entre en commerce avec elle. On peut d'abord admettre avec Hume et M. Mill que toute réalité est un phénomène et que toute connaissance est, en dernière analyse, une sensation : les principes, si toutefois il peut en être question dans cette hypothèse, ne seront alors que les résultats les plus généraux de l'expérience universelle. On peut encore supposer, avec l'école écossaise et celle de M. Cousin, que les phénomènes ne sont que la manifestation d'un monde d'entités inaccessibles à nos sens : et, dans ce cas, la principale source de nos connaissances doit être une sorte d'intuition intellectuelle, qui nous découvre à la fois la nature de ces entités et l'action qu'elles exercent sur le monde sensible. Mais il y a une troisième hypothèse, que Kant a introduite dans la philosophie, et qui mérite tout au moins d'être prise en considération : elle consiste à prétendre que, quel que puisse être le fondement mystérieux sur lequel reposent les phénomènes, l'ordre dans lequel ils se succèdent est déterminé exclusivement par les exigences de notre propre pensée. La plus élevée de nos connaissances n'est, dans cette hypothèse, ni une sensation, ni une intuition intellectuelle, mais une réflexion, par laquelle la pensée saisit immédiatement sa propre nature et le rapport qu'elle soutient avec les phénomènes : c'est de ce rapport que nous pouvons déduire les lois qu'elle leur impose, et qui ne sont autre chose que les principes.

On dira peut-être que cette hypothèse est absurde et se détruit elle-même, puisque chaque phénomène ne peut pas obéir à autant de lois différentes qu'il y a d'esprits : mais il est aisé de répondre que nous ne considérons ici dans les esprits que la faculté de penser, qui est, de l'aveu de tout le monde, identique chez tous. Lorsqu'on suppose, en effet, que les principes existent en eux-mêmes et en dehors de tout esprit, on suppose en même temps que tous les esprits, ou du moins tous ceux qui habitent le même monde que nous, sont également capables de les connaître : ce n'est donc point faire tort à leur universalité que d'en chercher le fondement dans la faculté même par laquelle on les connaît. Mais comment nier, dira-t-on encore, que l'existence des principes soit indépendante de notre connaissance, ou comment concevoir que la pensée puisse modifier, dans quelque mesure que ce soit, la nature de ses objets? Sans doute, il n'y a rien d'impossible à ce qu'un principe, ou une chose, en général, existe en dehors de tout commerce avec notre esprit : mais on nous accordera du moins qu'il nous est impossible d'en rien savoir, puisqu'une chose ne commence à exister pour nous qu'au moment où notre esprit entre en commerce avec elle. Nous accordons volontiers, de notre côté, que l'existence des principes est indépendante de notre connaissance actuelle, et qu'ils ne cessent pas d'être vrais lorsque nous cessons de les affirmer intérieurement : mais il suffit pour cela qu'il y ait une raison qui nous détermine à les affirmer chaque fois que nous y penserons, que cette raison se trouve dans notre propre faculté de connaître ou dans des choses extérieures à notre esprit. Enfin nous ne prétendons pas que la pensée puisse modifier après coup, par une intervention arbitraire, la nature de ses objets : nous soutenons seulement que, par cela seul que ces objets existent pour nous, ils doivent posséder par eux-mêmes une nature qui rende possible l'exercice de la pensée. Reste à savoir, il est vrai, si la pensée est une capacité vide, qui peut être remplie indifféremment par toutes sortes d'objets, ou si la connaissance que nous avons des phénomènes suppose de leur part une ou plusieurs conditions déterminées : mais on ne peut nier du moins que, dans ce dernier cas, ces conditions doivent constituer, pour tous les phénomènes auxquels nous avons affaire, les plus inflexibles des lois.

Mais l'hypothèse que nous proposons n'est pas seulement admissible en elle-même; elle est encore la seule admissible, parce qu'elle est la seule qui nous permette de comprendre comment nous pouvons connaître *a priori* les conditions objec-

tives de l'existence des phénomènes. On peut
bien, en effet, parler de connaissances innées, qui
se présentent à notre esprit sous une forme universelle et nécessaire : mais on ne peut pas prouver que ces connaissances se rapportent à des objets et qu'elles sont de véritables connaissances
et non de vains rêves. Dire qu'il existe une sorte
d'harmonie préétablie entre les lois de la pensée
et celles de la réalité, c'est résoudre la question
par la question elle-même : comment, en effet,
pouvons-nous savoir que nos connaissances s'ac-
cordent naturellement avec leurs objets, si nous
ne connaissons déjà la nature de ces objets en
même temps que celle de notre esprit? Il faut
donc recourir à l'intuition directe de la réalité,
dont personne du moins ne contestera la valeur
objective : mais, que cette intuition porte sur de
simples phénomènes ou sur des choses en soi, il
est également certain qu'elle ne peut servir de
fondement à des principes, c'est-à-dire à des connaissances universelles et nécessaires. Des choses
en soi qui deviendraient pour nous un objet d'intuition ne seraient plus, en effet, que le phénomène d'elles-mêmes : nous pourrions bien dire
ce qu'elles sont au moment où elles nous apparaissent, mais il ne pourrait plus être question
de ce qu'elles sont partout et toujours, ni surtout
de ce qu'elles ne peuvent pas ne pas être. Mais

si les conditions de l'existence des phénomènes sont les conditions mêmes de la possibilité de la pensée, nous sortons aisément de cette embarrassante alternative : car d'une part, nous pouvons déterminer ces conditions absolument *a priori*, puisqu'elles résultent de la nature même de notre esprit ; et nous ne pouvons pas douter, d'autre part, qu'elle s'appliquent aux objets de l'expérience, puisqu'en dehors de ces conditions, il n'y a pour nous ni expérience ni objets.

Maintenant, comment cette hypothèse, s'il faut encore la nommer ainsi, nous permet-elle de rendre compte, en particulier, du principe de l'induction ? Nous avons cru devoir résoudre ce principe en deux lois distinctes : l'une suivant laquelle tout phénomène est contenu dans une série, où l'existence de chaque terme détermine celle du suivant ; l'autre suivant laquelle tout phénomène est compris dans un système, où l'idée du tout détermine l'existence des parties. Ce sont ces deux lois qu'il s'agit d'établir en montrant que, si elle n'existaient pas, la pensée humaine ne serait pas possible : commençons par la première.

La première condition de la possibilité de la pensée est évidemment l'existence d'un sujet qui se distingue de chacune de nos sensations : car, si ces sensations existaient seules, elles se con-

fondraient entièrement avec les phénomènes, de
sorte qu'il ne resterait rien que nous pussions
appeler nous-mêmes ou notre pensée. La seconde
est l'unité de ce sujet dans la diversité de nos
sensations, tant simultanées que successives : car
une pensée qui naîtrait et périrait avec chaque
phénomène ne serait pour nous qu'un phénomène de plus, et nous aurions besoin d'un nouveau sujet pour ramener toutes ces pensées
éparses et éphémères à l'unité de la pensée véritable. Maintenant, comment ces deux conditions
peuvent-elles être remplies, ou comment faut-il
nous représenter l'unité du sujet pensant et le
rapport qu'il soutient avec la diversité de ses
objets? Dirons-nous que ce sujet est une substance, dont les phénomènes, ou du moins les sensations qui nous les représentent, sont les modifications? Non, puisque, d'après l'idée que l'on
se fait généralement des substances, elles ne
se manifestent que par leurs modifications, et ne
peuvent par conséquent s'en distinguer comme
un sujet d'un objet. Dirons-nous que nous sommes
à nos propres yeux un phénomène, ou plutôt un
acte durable, celui de l'effort volontaire, qui s'oppose à la fois par sa durée et par son caractère
actif aux modes passifs et passagers de notre sensibilité? Non car cet effort qui se renouvelle à chaque réveil, ou plutôt à chaque instant, et qui n'est

peut-être qu'un faisceau d'actions exercées sépa-
rément par chacune de nos fibres musculaires,
ne présente pas le caractère d'unité absolue qui
nous a paru indispensable au sujet de la connaissance. Chercherons-nous enfin l'unité de ce sujet
dans celle d'une pensée repliée sur elle-même,
qui se contemple elle-même en dehors du temps
et de toute modification sensible? Cette hypothèse satisfait peut-être mieux que les précé-
dentes aux deux conditions énoncées plus haut :
mais elle nous paraît encore plus éloignée de
satisfaire à une troisième condition, qui est cependant inséparable des deux autres. Nous avons
établi, en effet, que des sensations sans sujet et
sans lien ne pouvaient constituer par elles-mêmes
aucune connaissance : mais il est évident que la
connaissance ne consiste pas davantage dans l'action solitaire d'un sujet renfermé en lui-même, et
extérieur, en quelque sorte, à ses propres sensations. Il ne suffit donc pas d'expliquer d'une
manière plus ou moins plausible comment nous
pouvons avoir conscience de notre propre unité :
il faut montrer en même temps comment cette
unité se déploie, sans se diviser, dans la diversité de nos sensations, et constitue ainsi une
pensée qui n'est pas seulement la pensée d'elle-
même, mais encore celle de l'univers. Or c'est ce
qui est évidemment impossible, si le sujet pensant

est donné à lui-même par un acte spécial et indépendant de toute sensation : car, non-seulement cet acte simple et durable ne peut avoir par lui-même rien de commun avec les actes multiples et successifs qui se rapportent aux phénomènes, mais nous n'avons aucune raison de croire que deux fonctions aussi étrangères l'une à l'autre soient exercées par le même esprit. La pensée se trouve donc placée en face de sa propre existence comme d'une énigme insoluble : car elle ne peut exister que si nos sensations s'unissent dans un sujet distinct d'elles-mêmes, et un sujet qui s'en distingue semble par cela même incapable de les unir.

Il y a cependant un moyen d'échapper à cette difficulté, et il ne peut y en avoir qu'un seul : c'est d'admettre que l'unité qui nous constitue à nos propres yeux n'est pas celle d'un acte, mais celle d'une forme, et, qu'au lieu d'établir entre nos sensations un lien extérieur et factice, elle résulte d'une sorte d'affinité et de cohésion naturelle de ces sensations elles-mêmes. Or les rapports naturels de nos sensations entre elles ne peuvent être que ceux des phénomènes auxquels elles correspondent : la question de savoir comment toutes nos sensations s'unissent dans une seule pensée est donc précisément la même que celle de savoir comment tous les phénomènes

composent un seul univers. Il est vrai que cette
dernière unité est plus facile à admettre qu'à
comprendre : comment, en effet, plusieurs choses, dont l'une n'est pas l'autre et dont l'une
succède à l'autre, peuvent-elles cependant n'en
former qu'une seule? Pourquoi une infinité de
phénomènes, dont chacun occupe dans l'espace
et dans le temps une place distincte, sont-ils à
nos yeux les éléments d'un seul monde, et non
autant de mondes étrangers les uns aux autres?
Est-ce parce que ces places, quelque distinctes
qu'elles soient entre elles, appartiennent toutes
à un seul temps et à un seul espace? Mais qui
nous empêche de dire que l'espace finit et recom-
mence avec chacun des corps ou plutôt des atomes qui l'occupent, et que le temps meurt et re-
naît à chaque vicissitude des mouvements qu'il
mesure? L'espace et le temps, malgré la parfaite
similarité de leurs parties, ne sont point en eux-
mêmes une unité, mais, au contraire, une diversité absolue : et l'unité que nous leur attribuons,
loin de servir de fondement à celle de l'univers,
ne peut reposer elle-même que sur la liaison in-
terne des phénomènes qui les remplissent. La
question se réduit donc à savoir en quoi consiste
cette liaison : et nous ne pouvons, ce semble, nous
représenter sous ce titre qu'un ordre de succession et de concomitance, en vertu duquel la place

de chaque phénomène dans le temps et dans l'espace peut être assignée par rapport à celle de tous les autres. Toutefois l'unité qui résulte d'un tel ordre n'est encore qu'une unité de fait, dont rien ne nous garantit le maintien ; et l'on ne peut pas même dire que de simples rapports de temps et de lieu établissent entre les phénomènes une unité véritable, tant que ces rapports peuvent varier à chaque instant et que l'existence de chaque phénomène reste non seulement distincte, mais encore indépendante de celle des autres. Ce n'est donc pas dans une liaison contingente, mais dans un enchaînement nécessaire, que nous pourrons trouver enfin l'unité que nous cherchons : car, si l'existence d'un phénomène n'est pas seulement le signe constant, mais encore la raison déterminante de celle d'un autre, ces deux existences ne sont plus alors que deux moments distincts d'une seule, qui se continue en se transformant du premier phénomène au second. C'est parce que tous les phénomènes simultanés sont, comme dit Kant, dans une action réciproque universelle, qu'ils constituent un seul état de choses, et qu'ils sont de notre part l'objet d'une seule pensée ; et c'est parce que chacun de ces états n'est, en quelque sorte, qu'une nouvelle forme du précédent, que nous pouvons les considérer comme les époques successives d'une seule his-

toire, qui est à la fois celle de la pensée et celle
de l'univers. Tous les phénomènes sont donc soumis à la loi des causes efficientes, parce que cette
loi est le seul fondement que nous puissions assigner à l'unité de l'univers, et que cette unité est
à son tour la condition suprême de la possibilité
de la pensée.

Mais la loi des causes efficientes ne rend pas
seulement possible notre connaissance des phénomènes; elle est encore la seule explication que
nous puissions donner de leur existence objective, et cette existence nous en fournit par conséquent une nouvelle démonstration.

Nous ne pouvons pas douter sérieusement que
les choses sensibles existent en elles-mêmes, et
continuent à exister après que nous avons cessé
de les sentir; et, d'un autre côté, nous ne com-
prenons pas ce que peut être une couleur sans
un œil qui la voie, un son sans une oreille qui
l'entende, et, en général, un phénomène sensible
en dehors de toute modification de notre sensibilité. On a cru assurer l'existence du monde
matériel en la concentrant, en quelque sorte, tout
entière dans le phénomène de la résistance : mais
ce phénomène est tout aussi relatif à ce qu'on a
justement appelé le sens de l'effort que les autres
qualités sensibles à nos autres sens; et, s'il a le
privilége de nous faire connaître la distinction de

notre corps propre et des corps étrangers, il n'a
certainement pas celui de se survivre à lui-même
ou de nous garantir que ces corps et le nôtre
continuent à exister, lorsque nous cessons d'avoir
conscience de leur contact. On peut dire, au ris-
que de ne pas s'entendre soi-même, que l'existence n'appartient pas précisément aux phénomènes, mais à des substances dans lesquelles ils
résident : mais, ou bien on accorde aux sceptiques que les phénomènes s'évanouissent avec nos
sensations, et, dans ce cas, il est inutile de conserver à leur place de prétendues entités, qui
sont pour nous comme si elles n'étaient pas ; ou
bien on soutient, avec le vulgaire, que le soleil
visible ne perd rien de son éclat en quittant notre
horizon, et il est alors fort indifférent que son
disque subsiste par lui-même ou repose sur une
entité inaccessible à nos regards. Peut-être que,
par la substance du soleil, on n'entend pas une
entité distincte du soleil visible, mais l'existence
durable que l'on attribue à ce soleil lui-même, et
que l'on veut distinguer de l'impression passagère
qu'il produit sur nos sens : mais on se retrouve
alors en présence de la difficulté même qu'il s'a-
gissait de résoudre, et qui consiste à comprendre
comment un pur phénomène peut exister en lui-
même et indépendamment de toute sensation.
Au reste, on trouverait, en y regardant de près,

qu'une telle existence n'est sérieusement admise par personne : car, lorsque nous parlons d'un phénomène qui se produit en l'absence de tout être sensible, ou nous le dépouillons de la forme sous laquelle il s'offre ordinairement à nos regards, ou nous en devenons nous-mêmes, en dépit de notre propre supposition, les spectateurs imaginaires. On pourrait donc, ce semble, se borner à reconnaître que les phénomènes, ou, ce qui revient au même pour nous, nos propres sensations, possèdent, en dehors de leur existence actuelle, une sorte d'existence virtuelle, c'est-à-dire que, lors même que nous ne les éprouvons pas, nous pourrions les éprouver si nous étions placés dans des conditions convenables de lieu et de temps. On pourrait même supposer, avec Leibniz, qu'aucun phénomène n'est jamais absolument exclu de notre conscience, et que, non-seulement les parties les plus petites ou les plus éloignées de l'univers sont représentées en nous par quelques perceptions insensibles, mais que le passé et l'avenir nous soit en quelque sorte présents, soit par les traces des perceptions passées qui se mêlent à nos perceptions actuelles, soit par le germe des perceptions futures qu'un œil plus perçant que le nôtre pourrait découvrir dans ces mêmes perceptions. On ferait ainsi de notre propre esprit, suivant une expression chère à Leibniz, un univers en raccourci ; et l'on s'éloignerait également du préjugé vulgaire qui place les choses sensibles hors de toute sensibilité, et du paradoxe sceptique qui n'admet rien en dehors des sensations les plus expresses et les plus grossières.

Toutefois, si l'on réussit à procurer ainsi au monde sensible une sorte d'existence, il faut avouer que cette existence est encore toute subjective et relative à notre sensibilité individuelle : or on ne peut nier que le sens commun s'efforce, non-seulement de distinguer les choses sensibles de nos sensations actuelles, mais de les détacher entièrement de nous-mêmes et de leur assurer une existence absolue et indépendante de la nôtre. Dirons-nous, avec Leibniz, qu'il existe une infinité d'esprits, qui se représentent le même monde sous autant de points de vue différents? Mais des esprits qui se représentent des corps ne sont pas des corps; et, d'ailleurs, puisque nous n'avons affaire qu'à nos propres représentations, comment pourrions-nous, non-seulement établir, mais même soupçonner, qu'il existe d'autres esprits que le nôtre? Au reste, quelque système que l'on adopte, nous ne pourrons jamais sortir de nous-mêmes : il faut donc, ou nous renfermer dans un idéalisme subjectif, assez voisin, après tout, du scepticisme, ou trouver en nous-mêmes un fondement capable de supporter tout à la fois l'existence du monde sensible et celle des autres esprits. Or que peut-il y avoir en nous qui ne dépende pas de nous, et qui représente, ou plutôt qui constitue, une existence distincte de la nôtre? Ce ne sont pas les phénomènes eux-mêmes qui ne sont, au moins pour nous, que nos sensations : ce n'est pas leur juxtaposition dans l'espace et leur succession dans le temps, puisque le temps et l'espace semblent n'être que les formes de notre propre sensibilité, et qu'il nous est, en tout cas, impossible de nous assurer qu'ils soient autre chose : mais, si la place de chaque phénomène dans l'espace et dans le temps nous paraît tellement déterminée par ceux qui le précèdent ou qui l'accompagnent, qu'il nous soit impossible de l'en ôter par la pensée, cette détermination nécessaire est sans doute quelque chose de distinct de nous, puisqu'elle s'impose à nous et qu'elle résiste à tous les caprices de notre imagination. Dira-t-on que cette nécessité réside elle-même en nous, et qu'elle n'est pas moins relative à notre entendement que les phénomènes eux-mêmes à notre sensibilité? Que l'on nous montre donc une existence, ou, en général, une vérité pure de toute relation à notre pensée : mais on nous permettra de dire, en attendant, que nous ne sommes, en tant qu'individu, que l'ensemble de nos sensations, et qu'une nécessité dont nos

sensations, en tant que telles, ne sauraient rendre compte, constitue par cela même une existence aussi distincte de la nôtre que l'on peut
raisonnablement le demander. Ce n'est pas parce
que nous sentons certains phénomènes l'un après
l'autre qu'ils s'enchaînent nécessairement, mais
c'est, au contraire, parce qu'ils doivent se déve-
lopper dans un ordre nécessaire que notre sensibilité exprime cet ordre sous le point de vue qui
lui est particulier ; et, dès que nous reconnaissons
que la série de nos sensations n'est qu'une expression particulière de la nécessité universelle,
nous concevons tout au moins la possibilité d'une
infinité d'expressions analogues, correspondant
à autant de points de vue possibles sur l'univers.
La détermination nécessaire de tous les phénomènes est donc tout à la fois pour nous l'existence
même du monde matériel et le seul fondement
que nous puissions assigner à celle des autres
esprits ; et, si l'on préfère, malgré tout, admettre
sans preuve des existences absolument extérieures à la nôtre, il est aisé de montrer que l'on a
plus à perdre qu'à gagner au change. La supposition de telles existences n'a en effet rien d'impossible en elle-même : mais, si l'on demande
ce qu'elles sont pour nous, on trouvera que,
puisqu'elles sont situées hors de nous, elles
ne peuvent nous être données que par une im-

pression quelconque qu'elles exercent sur notre esprit ; elles ne nous apparaîtront donc que comme une modification de nous-mêmes, et deviendront absolument subjectives, précisément parce qu'on veut qu'elles soient absolument objectives. Une existence n'est objective pour nous que si elle nous est donnée en elle-même, et elle ne peut nous être donnée en elle-même que si elle jaillit en quelque sorte du sein même de la nôtre : entre l'idéalisme subjectif de Hume et l'idéalisme objectif de Kant, c'est au sens commun à choisir.

Au reste, si la loi des causes efficientes explique à la fois notre propre connaissance des phénomènes et l'existence que nous leur attribuons, c'est que ces deux choses sont étroitement unies, et n'en forment, en réalité, qu'une seule. Le propre de la pensée est, en effet, de concevoir et d'affirmer l'existence de ses objets : et il est évident qu'une chose n'existe, au moins pour nous, que parce qu'elle est au nombre des objets de la pensée. Mais la pensée n'est rien à ses propres yeux en dehors de la nécessité qui constitue l'existence des phénomènes : comment d'ailleurs en aurait-elle conscience, si elle en était substantiellement distincte, et comment se représenter cette nécessité elle-même, sinon comme une sorte de pensée aveugle et répandue dans les choses ?

Nous ne savons, ni ce que peut être l'existence d'une chose en soi, ni quelle conscience nous pourrons avoir de nous-mêmes dans une autre vie : mais, dans ce monde de phénomènes dont nous occupons le centre, la pensée et l'existence ne sont que deux noms de l'universelle et éternelle nécessité.

V

Non-seulement la loi des causes efficientes résulte *a priori* du rapport de la pensée avec les phénomènes, mais cette loi nous permet à son tour de déterminer, par une nouvelle déduction, la nature des phénomènes eux-mêmes.

Il faut évidemment que les lois puissent être appliquées aux phénomènes, puisque autrement elles n'auraient aucune signification ; et cette application ne peut avoir lieu que par un acte simple de l'esprit, qui conçoit chaque loi en percevant les phénomènes qu'elle régit. Mais, pour que cet acte soit véritablement simple, il faut qu'il consiste à saisir, sous deux formes différentes, une seule et même chose : il faut que la loi ne soit que l'expression abstraite des phénomènes, et que les phénomènes ne soient, à leur tour, que l'expression concrète de la loi. Maintenant cette correspondance entre les phénomènes et les lois peut s'établir de deux manières : ou bien, en effet, la conception des lois est déterminée par la perception des phénomènes, ou il faut que ce soit au contraire la perception des phénomènes qui se règle sur la conception des lois. Nous procédons de la première manière quand nous disons, par exemple, que la chaleur dilate les corps : car nous ne faisons alors qu'énoncer, sous une forme générale, ce que nos sens nous ont déjà représenté dans un ou plusieurs cas particuliers. Mais il n'en est pas de même lorsqu'il s'agit de l'enchaînement universel des causes et des effets : nous concevons ici la loi avant d'avoir perçu les phénomènes, et ce sont les seconds qui sont, en quelque sorte, tenus de nous fournir la représentation sensible de la première. Il faut donc que nous percevions, dans la diversité même des phénomènes, une unité qui les enchaîne : et, puisque les phénomènes sont une diversité dans le temps et dans l'espace, il faut que cette unité soit celle d'une diversité dans le temps et dans l'espace. Or une diversité dans le temps est une diversité d'états : et la seule unité qui puisse se concilier avec cette diversité est la continuité d'un changement, dont chaque phase ne diffère de la précédente que par la place même qu'elle occupe dans le temps. Mais une diversité dans le temps et dans l'espace est une diversité d'états et de positions tout ensemble : et l'unité de cette double diversité ne peut être qu'un changement continu et uniforme de position, ou, en un seul mot, un mouvement continu et uniforme. Tous les phénomènes sont donc des mouvements, ou plutôt un mouvement unique, qui se poursuit autant que possible dans la même direction et avec la même vitesse, quelles que soient du reste les lois suivant lesquelles il se transforme, et quelles qu'aient pu être sur ce point les erreurs de la mécanique cartésienne. Mais ce que Leibniz n'a point contesté à Descartes, et ce qui nous semble au-dessus de toute contestation, c'est que tout, dans la nature, doit s'expliquer mécaniquement : car le mécanisme de la nature est, dans un monde soumis à la forme du temps et de l'espace, la seule expression possible du déterminisme de la pensée.

Sans doute, nous ne percevons pas seulement des mouvements, mais encore des couleurs, des sons et tout ce qu'on est convenu d'appeler les qualités secondes de la matière : mais il ne faut pas confondre de simples apparences, qui n'existent que dans notre sensibilité, avec les véritables phénomènes, qui peuvent seuls prétendre à une existence objective. Les phénomènes, en effet, doivent nous offrir, dans leur diversité même, une sorte de réalisation de l'unité de la pensée : et cette unité ne peut se réaliser que dans une diversité homogène, qui soit, pour ainsi dire, une en puissance, comme celle du temps et de l'espace. Les qualités secondes sont au contraire une diversité hétérogène, qui n'a par elle-même rien de commun avec celle du temps et de l'espace : car la couleur n'est étendue que par accident, et l'on ne peut pas dire qu'elle augmente ou qu'elle diminue, lorsque la surface qu'elle couvre devient plus grande ou plus petite. On ne saurait admettre non plus que ces qualités durent par elles-mêmes : car nous ne pouvons mesurer directement, ni le temps pendant lequel chacune d'elles affecte notre sensibilité, ni celui qui s'écoule dans le passage d'une sensation à une autre sensation entièrement différente. Mais si elles ne nous apparaissent point sous la forme de l'espace et du temps, elles ne nous en sont pas moins données dans le temps et dans l'espace : et il serait impossible de rendre compte de la place qu'elles y occupent, si aucun lien ne les rattachait au phénomène qui, seul, remplit par lui-même l'un et l'autre. La perception de ces qualités n'est donc, comme le croyait Leibniz, que la perception confuse de certains mouvements ; et si elles ne peuvent donner lieu à une connaissance directe et expresse, rien ne nous empêche de voir en elles l'objet d'une connaissance indirecte et en quelque sorte virtuelle. Si elles ne sont point des phénomènes, elles sont du moins des apparences bien fondées, et non de vains rêves : elles existent, non en elles-mêmes, mais dans le mouvement, sur lequel elles reposent, et dont elles suivent fidèlement toutes les vicissitudes : elles sont en nous par elles-mêmes et hors de nous par ce qu'elles expriment. Le mouvement est le seul phénomène véritable, parce qu'il est le seul phénomène intelligible ; et Descartes a eu raison de dire que toute idée claire était une idée vraie, puisque l'intelligibilité des phénomènes est précisément la même chose que leur existence objective. Mais il doit y avoir quelque chose de vrai jusque dans les modes les plus obscurs de notre sensibilité : car il n'y a point de place dans notre esprit pour une illusion absolue, et rien de ce qui nous est donné ne peut être absolument exclu de la sphère de la pensée et de celle de l'existence. Les qualités secondes sont, en quelque sorte, la matière éloignée de l'existence et de la pensée : entre la diversité absolue de cette matière et l'unité absolue de sa forme il fallait un intermédiaire, et nous avons trouvé cet intermédiaire dans la continuité du mouvement.

Si tout, dans la nature, doit s'expliquer mécaniquement, que deviennent la spontanéité de la vie et la liberté des actions humaines? Faut-il soustraire à la loi du mécanisme une partie considérable des phénomènes, ou soutenir, avec Descartes, que les bêtes n'ont point d'âme, et, avec Leibniz, que nos propres mouvements ne s'exécutent pas autrement que ceux de l'aiguille aimantée? Telle est la double question qu'il nous reste maintenant à examiner.

On ne peut méconnaître l'harmonie des fonctions qui entretiennent la vie, soit chez les plantes, soit chez les animaux : il s'agit seulement de savoir si cette harmonie est un simple résultat des lois générales du mouvement, ou si elle est l'œuvre d'un agent spécial, distinct de chaque organisme et soumis à des lois exclusivement téléologiques ; or cette dernière hypothèse nous paraît, indépendamment de toute considération *a priori*, absolument inadmissible. Nous pourrions d'abord soulever quelques difficultés sur le nombre ou la division possible de ces agents dans les plantes, et dans ceux des animaux qui se multiplient par une sorte de bourgeonnement : nous pourrions demander, en général, d'où ils viennent, s'ils sont créés *ex nihilo* au moment de chaque génération, et comment ils périssent, malgré leur simplicité, lorsque le corps qu'ils animaient vient à se dissoudre. Nous pourrions encore rap-

peler le caractère provisoire des explications
vitalistes, et le terrain qu'elles ont déjà cédé et
qu'elles cèdent chaque jour aux explications mécaniques ; mais nous nous contenterons de demander aux partisans de cette hypothèse comment ils prouvent ce qu'ils avancent, et à quel
signe ils peuvent reconnaître, dans la formation
et le jeu d'un organe, l'intervention d'un agent
immatériel. Quelque opinion que l'on adopte, en
effet, sur la cause des phénomènes vitaux, on ne
peut nier que ces phénomènes soient en eux-
mêmes des mouvements : la question se réduit
donc à savoir si tous ces mouvements s'enchaînent en vertu des lois de la mécanique, ou si
quelques-uns commencent ou s'arrêtent, chan
gent de vitesse ou de direction, sans y être déterminés par d'autres mouvements. Or comment
pénétrer assez profondément dans la structure
des êtres vivants pour s'assurer qu'un mouvement notable, qui se produit tout à coup dans
une partie de leur corps, n'est pas la suite de
mouvements imperceptibles qui s'exécutaient
auparavant dans les parties de cette partie ? Comment même entreprendre une telle recherche si
l'on songe que le détail de ces parties peut aller,
et va sans doute, comme le croyait Leibniz, à l'infini ? De plus, il est impossible d'accorder à un
agent spirituel la moindre influence sur les mou-

vements vitaux sans l'investir, à l'égard de ces mouvements, d'un véritable pouvoir créateur ; car non-seulement il ne peut les suspendre sans les anéantir ou sans imprimer aux mêmes parties un mouvement égal et inverse, mais la direction du mouvement est, quoi qu'en ait dit Descartes, absolument inséparable du mouvement lui-même : cet agent ne pourra donc changer la direction d'un mouvement organique sans le remplacer par un autre, ou du moins sans produire un mouvement en sens différent, qui se combinera avec le premier. Or un pouvoir créateur est, par sa nature même, absolument illimité : voilà donc dans l'univers autant de sources de mouvement que d'êtres vivants, et des sources dont chacune peut en produire une quantité infinie. D'où vient donc que la quantité du mouvement, à ne consulter que l'expérience, ne varie pas dans l'univers? D'où vient que nos forces sont si bornées, et qui nous empêche, comme dit Leibniz, de sauter jusqu'à la lune? D'où vient qu'elles s'épuisent si vite, et qu'elles ont besoin d'être incessamment réparées par le sommeil et la nourriture? D'où vient enfin que chaque âme est si lente à construire le corps qu'elle habite, et si prompte à le laisser périr?

L'hypothèse d'un agent spirituel, exclusivement déterminé par des causes finales, paraît surtout difficile à concilier avec les anomalies et les désordres que présentent trop souvent les organes et les fonctions des êtres vivants. Il est impossible, en effet, de soutenir sérieusement que cet agent fait de son mieux pour maintenir l'harmonie dans l'organisme, mais que toute sa bonne volonté échoue en quelque sorte contre la puissance aveugle de la matière : car il n'y a ni proportion ni lutte possible entre des molécules matérielles, qui ne peuvent que conserver ou transmettre une quantité finie de mouvement, et un esprit capable d'en créer à chaque instant une quantité infinie. Il faut donc placer dans cet esprit lui-même la cause qui limite ou altère l'action qu'il devrait exercer sur l'organisme : il faut dire qu'il y a des âmes ignorantes, qui confondent les traits du type qu'elles sont chargées de réaliser, et des âmes faibles ou perverses, qui, après avoir achevé leur ouvrage, négligent de le conserver, ou prennent même plaisir à en hâter la ruine. Or il est difficile de concevoir comment un être simple, qui tend naturellement à produire un certain effet, peut rencontrer en lui-même une tendance opposée, ou du moins un obstacle insurmontable : et il faut convenir que les choses ne se passent pas alors dans l'âme autrement qu'elles ne se passeraient dans le corps, si la plupart des mouvements organiques tendaient par eux-mêmes à s'accomplir dans l'ordre le plus convenable, bien que ce concert fût en partie détruit par quelques mouvements irréguliers. Mais, si la simplicité de cet être hypothétique paraît compromise par les aberrations et les défaillances que l'on est souvent forcé de lui attribuer, est-elle plus facile à concevoir, même lorsqu'il agit de la manière la plus savante et la plus soutenue? Il faut bien, en effet, qu'il se représente sous une forme quelconque, et le détail des organes qu'il construit et la suite des mouvements qu'il leur imprime : il faut donc qu'il renferme dans sa simplicité prétendue, d'une part une diversité précisément égale à celle de l'organisme, et de l'autre une conscience plus ou moins obscure de cette diversité : dès lors à quoi sert-il, et pourquoi, si nous devons admettre une telle conscience, ne pas la placer dans l'organisme lui-même? Enfin, comment s'est formé, dans l'intelligence de cet être, le plan d'après lequel il travaille? Ce plan ne peut être l'ouvrage, ni de sa volonté, ni même d'une volonté étrangère : car cette volonté aurait dû être dirigée par un plan antérieur, qui supposerait à son tour une autre volonté, et ainsi de suite à l'infini. Il faut donc que le plan de chaque organisme se soit formé de lui-même, avant toute réflexion et toute conscience : il faut que les matériaux de cet organisme idéal, d'abord épars et

informes, se soient assemblés et polis en vertu
de lois qui leur étaient apparemment inhérentes :
mais alors qui nous empêche d'en dire autant de
l'organisme réel, et qu'y a-t-il d'absurde à expliquer la formation des corps par un mécanisme
que l'on finit par être obligé de transporter dans
les âmes? Que ce mécanisme soit, en quelque
sorte, pénétré de finalité, c'est ce que nous ne
contestons point, et c'est même ce que nous nous
réservons de démontrer plus tard : nous avons
seulement voulu établir que rien ne nous autori-
sait à réaliser cette finalité dans un agent spécial,
soustrait aux lois générales de la matière et du
mouvement.

Il ne reste donc plus que les actions de l'homme
qui semblent déroger au mécanisme universel ;
et il faudrait bien prendre notre parti de cette dé-
rogation, s'il n'y avait pas d'autre moyen de sau-
ver la liberté, dans le sens où elle est liée à l'ac-
complissement de la loi morale : car nous sommes
tenus, par cette loi elle-même, de croire que
nous possédons tout ce qui est nécessaire pour
l'accomplir. Mais il n'est peut-être pas nécessaire,
pour que nous puissions répondre de nos actes,
qu'il n'y ait, dans le temps qui les précède, aucune
raison qui les détermine : et il ne paraît pas
moins conforme au sens commun d'expliquer,
en quelque sorte, historiquement une action cou-

pable, que de la condamner au nom de la conscience. On sait comment Kant a essayé de mettre sur ce point la raison d'accord avec elle-même, en plaçant la liberté morale dans une sphère supérieure à celle du temps et des phénomènes; et, tant que la fausseté de cette hypothèse n'aura pas été démontrée, il nous sera permis d'examiner si nos actions, considérées comme de simples événements, et abstraction faite de leur caractère moral, obéissent ou non aux lois générales de la nature. Or, si nous refusons à la spontanéité vitale le pouvoir de modifier les mouvements qui s'exécutent d'eux-mêmes dans notre organisme, il est clair que les mêmes raisons doivent nous empêcher de l'accorder à notre volonté : et le mécanisme extérieur de nos actions ne pourrait être l'objet d'aucun doute, si l'expérience intérieure ne prononçait, suivant quelques philosophes, en faveur d'une liberté d'indifférence absolument inconciliable avec ce mécanisme. La question se réduit donc à savoir s'il nous arrive de vouloir sans motif, ou, ce qui revient au même, sans tenir compte des motifs qui sollicitent notre volonté : et il est aisé de montrer que, sur ce point, la prétendue décision de l'expérience intérieure est contraire, non-seulement à la loi suprême de toute expérience, mais encore aux données d'une observation attentive. Personne, en effet, n'oserait prétendre qu'un homme sage, dans une occasion importante, prend indifféremment le parti qu'il juge le meilleur ou celui qui lui semble le pire; et ce serait perdre notre temps que de peser, en pareil cas, le pour et le contre, si notre délibération était une pure affaire de curiosité et ne devait exercer aucune influence sur notre conduite. On est donc réduit à citer l'exemple de ceux qui agissent par caprice, comme si leur vanité et leur paresse n'étaient pas pour eux les plus puissants de tous les intérêts; on allègue des actions insignifiantes, que nous accomplissons presque machinalement, et l'on soutient que nous nous déterminons alors sans raison, parce que nous ne remarquons pas les raisons qui nous déterminent. Il est certain que l'homme qui a besoin d'une guinée, et dont la bourse ne contient que des pièces de cette nature, prend au hasard la première que ses doigts rencontrent : mais placez seulement deux guinées sur une table, et essayez d'en choisir une sans aucune espèce de motif; ou bien levez la main, comme le propose Bossuet, et voyez si, en vertu de votre libre arbitre, vous pourrez la pencher arbitrairement à droite ou à gauche. Sera-ce à droite? Non, car ce mouvement vous a probablement paru le plus naturel. Ce sera donc à gauche. Non, car vous avez maintenant un motif pour éviter la droite. Il faudra donc en revenir à la droite : mais il est clair que vous n'en serez pas plus avancé; et la question pourrait rester longtemps pendante, si la fatigue ne finissait par la trancher, pendant un moment de distraction, en faveur du mouvement le plus commode.

On dit quelquefois que si le libre arbitre n'existait pas toute la vie humaine serait renversée : mais il semble qu'une liberté d'indifférence absolue, qui ne nous laisserait aucune prise sur la volonté de nos semblables, et ferait de leur conduite future une énigme dont ils n'auraient pas eux-mêmes la clef, serait beaucoup plus propre à produire l'effet dont on parle. Il ne suffit pas, en effet, de reconnaître que les hommes se décident ordinairement d'après certains motifs, si nous n'avons aucune raison de croire que ces motifs les décideront encore dans une occasion donnée : et il nous serait impossible de former la moindre conjecture à cet égard, si leur décision n'était pas soumise à des lois absolument certaines en elles-mêmes, quelque incertaine que puisse être la connaissance que nous en avons. Nous sommes loin, sans doute, de pouvoir calculer la conduite d'un homme avec la même précision que la marche d'un astre : mais il n'y a aussi aucune proportion entre la difficulté des deux problèmes, puisque cette conduite est déterminée, non-seulement par des inclinations dont la force relative varie d'un instant à l'autre, mais encore par les réflexions qui contribuent à les mettre en jeu, et dont le cercle peut s'étendre à l'infini. Il n'en est pas moins vrai qu'une connaissance médiocre du caractère d'un homme et des circonstances dans lesquelles il est placé nous suffit ordinairement pour juger, sans trop de chances d'erreur, du parti qu'il prendra ; et l'influence que les hommes exercent les uns sur les autres, soit dans la vie privée, soit dans la vie publique, tient en grande partie à la sagacité qu'ils peuvent déployer en ce genre, et qui va, pour quelques-uns, jusqu'à une sorte d'infaillibilité. Mais il y a encore un autre cas où il nous est donné d'agir presque à coup sûr sur la volonté de nos semblables : c'est celui où nous opérons, non sur des individus, mais sur des masses, et où nous cherchons seulement à déterminer un certain nombre d'actes d'une certaine nature, quels que soient d'ailleurs en particulier ceux qui doivent les accomplir. C'est ainsi qu'un marchand habile parvient à s'assurer un nombre constant ou même croissant d'acheteurs, dont chacun lui est personnellement inconnu ; et, lorsqu'il cède son commerce à un autre, il évalue en argent, non-seulement les marchandises qui se trouvent dans son magasin, mais encore la disposition présumée de ces inconnus à venir les y chercher. Ces'sortes de calculs, dans lesquels les volontés humaines sont traitées à peu près comme des agents physiques, ont sans doute quelque chose d'humiliant pour notre nature : et cependant ils ne sont pas seulement indispensables aux transactions privées, mais ils sont devenus, surtout de nos jours et sous le nom de statistique, un des éléments principaux de la science du gouvernement. Il y a une statistique de la production et de l'échange, dans laquelle l'économie politique cherche les moyens les plus propres à accroître la richesse des nations; il y a même une statistique du crime, sur laquelle la législation pénale doit se régler, pour établir à chaque époque une sorte de balance entre la violence des passions qui menacent la sécurité publique et le degré de crainte nécessaire pour les contenir. Qu'y a-t-il donc d'étonnant à ce que nos actions obéissent extérieurement à un mécanisme physique, puisque la société humaine est fondée sur un mécanisme moral, dont chacun de nous, dans sa sphère, a sans cesse besoin de connaître et de manier les ressorts?

Un ensemble de mouvements, dont aucune cause extérieure ne vient modifier la direction et la vitesse, soit dans les corps vivants, soit même dans ceux où l'intelligence est jointe à la vie, telle est donc la seule conception de la nature qui résulte de ce que nous savons jusqu'ici de l'essence de la pensée. Cette conception, si elle devait être exclusive, serait une sorte de matérialisme idéaliste : mais nous ne devons pas oublier qu'elle ne répond qu'à la moitié du principe sur lequel repose notre connaissance *a priori* de la nature, et nous allons chercher à la compléter en passant de la considération des causes efficientes à celle des causes finales.

VI

Avant de chercher à démontrer la loi des causes finales, comme nous espérons avoir démontré celle des causes efficientes, il n'est pas inutile de rappeler la raison qui nous a déterminés à regarder cette loi comme un des éléments du principe de l'induction ; cette raison emprunte d'ailleurs une force nouvelle aux conclusions qui précèdent. Nous savons en effet maintenant que les phénomènes simples, qui forment le tissu de tous les autres, ne sont autre chose que des mouvements ; nous savons que les lois mécaniques sont les seules qui soient primitives et immédiates, et que les autres lois de la nature n'expri-

ment qu'une liaison médiate et dérivée entre certaines combinaisons de mouvements. Or, pour
que cette liaison puisse être considérée comme
constante, il ne suffit pas évidemment que le
mouvement continue à obéir aux mêmes lois :
car le rôle de ces lois se borne à subordonner
chaque mouvement à un précédent et ne s'étend
pas jusqu'à coordonner entre elles plusieurs séries de mouvements. Il est vrai que, si nous con-
naissions à un moment donné la direction et la
vitesse de tous les mouvements qui s'exécutent
dans l'univers, nous pourrions en déduire rigou-
reusement toutes les combinaisons qui doivent
en résulter : mais l'induction consiste précisément à renverser le problème, en supposant, au
contraire, que l'ensemble de ces directions et de
ces vitesses doit être tel qu'il reproduise à point
nommé les mêmes combinaisons. Mais, dire qu'un
phénomène complexe contient la raison des phénomènes simples qui concourent à le produire,
c'est dire qu'il en est la cause finale : la loi des
causes finales est donc un élément, et même l'élément caractéristique, du principe de l'induction.

Pour rendre cette vérité plus sensible, deman-
dons-nous quel fond nous pourrions faire sur
l'ordre actuel de la nature, si nous n'avions, pour
nous en garantir le maintien, que la loi des causes
efficientes, ou, ce qui revient au même, le méca-

nisme universel. Nous n'aurions d'abord aucune raison de croire à la permanence des espèces vivantes, car nous n'avons aucune idée des mouvements imperceptibles par lesquels se forme et se développe chaque être organisé : nous pourrions donc supposer indifféremment, ou que chaque génération donnera naissance à une espèce nouvelle, ou qu'il ne naîtra plus que des monstres, ou que la vie disparaîtra entièrement de la terre. Mais la conservation des corps bruts ne nous paraîtrait pas plus certaine que celle des êtres organisés : car on admet généralement que ces corps, sans même en excepter ceux que la chimie regarde provisoirement comme simples, sont composés de corps plus petits : et il n'y a aucune raison, à ne considérer que les lois générales du mouvement, pour que ces petits corps continuent à se grouper dans le même ordre, plutôt que de former des combinaisons nouvelles, ou même de n'en plus former aucune. Enfin l'existence même de ces petits corps serait à nos yeux aussi précaire que celle des grands : car ils ont sans doute des parties, puisqu'ils sont étendus, et la cohésion de ces parties ne peut s'expliquer que par un concours de mouvements qui les poussent incessamment les unes vers les autres : ils ne sont donc à leur tour que des systèmes de mouvements, que les lois mécaniques sont par elles-mêmes indiffé-

rentes à conserver ou à détruire. Le monde d'Épi-
cure avant la rencontre des atomes ne nous offre
qu'une faible idée du degré de dissolution où
l'univers, en vertu de son propre mécanisme,
pourrait être réduit d'un instant à l'autre : on se
représente encore des cubes ou des sphères tom-
bant dans le vide, mais on ne se représente même
pas cette sorte de poussière infinitésimale, sans
figure, sans couleur, sans propriété appprécia-
ble par une sensation quelconque. Une telle
hypothèse nous paraît monstrueuse, et nous
sommes persuadés que, lors même que telle ou
telle loi particulière viendrait à se démentir, il
subsisterait toujours une certaine harmonie entre
les éléments de l'univers : mais d'où le saurions-
nous, si nous n'admettions pas *a priori* que cette
harmonie est, en quelque sorte, l'intérêt suprême
de la nature, et que les causes dont elle semble
le résultat nécessaire ne sont que des moyens sa-
gement concertés pour l'établir?

La loi des causes finales est donc, aussi bien que
celle des causes efficientes, un élément indispensable du principe de l'induction ; mais il y a entre ces deux lois une double différence, qu'il n'est
pas inutile de signaler. On peut remarquer d'a-
bord que les divers jugements par lesquels nous
les appliquons aux phénomènes sont hypothéti-
ques pour la première et catégoriques pour la

seconde : c'est-à-dire que la première ne détermine chaque phénomène que par rapport à un précédent, dont elle suppose l'existence, tandis que la seconde pose absolument et sans condition chacune des fins réelles ou présumées de la nature. En revanche, la loi des causes efficientes est d'une application nécessaire et rigoureuse, qui ne comporte pas de degrés : dès que toutes les conditions d'un phénomène sont réunies, nous ne pouvons plus admettre sans absurdité que ce phénomène ne se produise pas, ou se produise autrement que ne l'exigent les lois de la mécanique. La loi des causes finales est, au contraire, une loi flexible et contingente dans chacune de ses applications : elle exige absolument une certaine harmonie dans l'ensemble des phénomènes, mais elle ne nous garantit, ni que cette harmonie sera toujours composée des mêmes éléments, ni même qu'elle ne sera jamais troublée par aucun désordre. Nous croyons, comme dit Kant, qu'il y aura toujours dans le monde une hiérarchie de genres et d'espèces que nous pourrons saisir : mais il nous est impossible de décider si le produit d'une génération donnée ne sera pas un monstre, ou si les espèces qui existent aujourd'hui ne donneront pas naissance, par une transformation insensible, à des espèces entièrement différentes. La nature est tout à la fois une

science, qui ne se lasse pas de déduire les effets
des causes, et un art, qui s'essaie sans cesse à des
inventions nouvelles ; et, s'il nous est donné, dans
quelques cas, de suivre par le calcul la marche uniforme de la science qui travaille au plus profond
des choses, l'induction proprement dite consiste
plutôt à deviner, par une sorte d'instinct, les pro-
cédés variables de l'art qui se joue à la surface.

Reste à démontrer la loi des causes finales,
c'est-à-dire à montrer que cette loi résulte, comme
celle des causes efficientes, du rapport des phénomènes avec notre esprit : mais ce genre de
démonstration, qui nous a paru le seul valable,
semble nous être maintenant interdit par l'usage
même que nous en avons fait tout à l'heure. Nous
avons établi, en effet, que la possibilité de la
pensée reposait sur l'unité de son objet, et que
cette unité consistait dans la liaison mécanique
des causes et des effets : n'avons-nous pas dé-
claré, par cela même, que toute autre liaison, et
entre autres celle des moyens avec les fins, était
étrangère à l'essence de la pensée et indifférente
à son existence? Nous avons ajouté que l'existence objective des phénomènes eux-mêmes était
fondée sur leur enchaînement nécessaire : pouvons-nous chercher à cette même existence un
nouveau fondement, et les phénomènes en se-
ront-ils plus vrais et plus objectifs, parce qu'à

l'unité de série, qui fait naître chaque mouvement d'un précédent, sera venue s'ajouter l'unité de système, qui fait converger plusieurs mouvements vers un but commun? N'est-il pas évident, au contraire, que cette seconde unité est toute de surérogation, et que l'esprit, au lieu de l'introduire lui-même dans les choses, est réduit à l'attendre, comme un accident heureux, et une sorte de faveur de la nature?

On est donc tenté de prendre ici un détour, et d'appeler la sensibilité à résoudre une question sur laquelle l'entendement semble forcé de reconnaître son incompétence. Un monde dans lequel le mouvement, sans cesser d'obéir à ses propres lois, ne formerait plus aucun composé, ou ne formerait que des composés discordants qui se détruiraient eux-mêmes, ne serait peut-être pas moins conforme que le nôtre aux exigences de la pensée : mais il serait loin de répondre à celles de notre sensibilité, puisqu'il la laisserait, dans le premier cas, absolument vide, et ne lui causerait, dans le second, que des modifications pénibles. On pourrait donc demander pourquoi, tandis que notre faculté de connaître rencontre des objets qui lui sont exactement proportionnés, notre faculté de sentir ne s'exerce pas, ou ne s'exerce que d'une manière contraire à sa nature : on pourrait encore demander à quoi nous sert un tel monde, et pourquoi des choses dont l'existence nous blesse ou nous est indifférente ont pris pour nous la place de l'absolu néant. Toutefois, quelque justes que soient ces considérations, elles ne sauraient former en faveur de la loi des causes finales une preuve proprement dite : car, supposer que les choses doivent répondre aux exigences de notre sensibilité, ou que l'existence de ces mêmes choses n'a pu être déterminée que par notre intérêt, c'est évidemment prendre pour principe la loi même que l'on se propose d'établir. Nous ne pouvons pas supprimer par la pensée la liaison mécanique des phénomènes, et nous avons le droit de dire que cette liaison existe nécessairement, parce que, pour nous, ce qui est absolument inconcevable est absolument impossible : nous ne pouvons pas davantage souhaiter que l'ordre et l'harmonie disparaissent de l'univers, mais nous sommes parfaitement libres de le concevoir, et l'horreur que nous inspire une telle hypothèse ne nous autorise pas à affirmer qu'elle ne sera jamais réalisée. Dire que notre sensibilité seule exige des phénomènes la finalité que nous leur attribuons, serait donc avouer que cette finalité n'est susceptible d'aucune démonstration, et que, si elle est pour nous l'objet d'un désir légitime, elle ne saurait être celui d'une connaissance nécessaire.

Mais, de ce que la loi des causes finales inté-
resse surtout notre sensibilité, il ne résulte nul-
lement qu'elle soit étrangère à l'essence de la
pensée ; et nous ne renonçons pas à établir que
la pensée elle-même suppose l'existence de cette
loi, et l'impose, par conséquent, à la nature, quoique dans un autre sens et à un autre titre que
celle des causes efficientes. Nous avons admis, en
effet, que la pensée suppose l'unité de son objet,
ou plutôt qu'elle n'est elle-même autre chose
que cette unité ; et la liaison nécessaire des causes
et des effets nous a paru jusqu'ici le seul moyen
de réduire la diversité des phénomènes à l'unité
de la pensée. Il faut avouer toutefois que nous
n'avons obtenu par ce moyen qu'une unité in-
complète et superficielle : car ce qui devient un,
en vertu de cette liaison, ce ne sont pas les choses
elles-mêmes, mais la série des places qu'elles
occupent dans le temps, et le mouvement de la
pensée qui passe sans interruption de l'une à
l'autre. Autre chose est, en effet, pour un phénomène, d'avoir sa place dans le temps et d'être
ainsi une vérité et non une illusion : autre chose
est de remplir cette place par une réalité qui lui
soit propre, et qui le distingue d'un phénomène
purement possible. C'est cette réalité qui est, dans
chaque phénomène, l'objet de la sensation : mais
nous ne voyons pas encore comment elle pourrait

être un objet de pensée, puisque la condition
de la pensée est l'unité, et que chaque réalité
nous est donnée par la sensation en dehors de
toute relation avec les autres. Une pensée qui re-
poserait exclusivement sur l'unité mécanique de
la nature glisserait donc, en quelque sorte, à la
surface des choses, sans pénétrer dans les choses
elles-mêmes : étrangère à la réalité, elle manque-
rait elle-même de réalité et ne serait que la forme
vide et la possibilité abstraite d'une pensée. Il
faut donc trouver un moyen de rendre à la fois
la pensée réelle et la réalité intelligible ; et ce
moyen ne peut être qu'une seconde unité, qui
soit à la matière des phénomènes ce que la première est à leur forme, et qui permette à la pensée de saisir par un acte unique le contenu de
plusieurs sensations. Il est vrai que, si plusieurs
sensations peuvent, en effet, coïncider dans une
seule perception, nous n'avons point conscience
d'embrasser par une seule perception la réalité
tout entière : de sorte que, tandis que la première unité est, pour ainsi dire, adéquate à l'univers, la seconde semble toujours restreinte au
petit nombre de phénomènes qui composent à
chaque moment notre horizon sensible. Mais ce
qui est vrai de nos perceptions distinctes ne l'est
peut-être pas de nos perceptions confuses ; non-
seulement, en effet, si l'on en croit Leibniz, nous

ne cessons jamais entièrement de percevoir ce que nous avons une fois perçu, mais nos perceptions futures sont en quelque sorte préformées dans nos perceptions présentes ; et, lorsque nous croyons passer d'un objet à un autre, nous ne faisons qu'éclairer tour à tour les différentes parties d'un tableau qui était déjà tout entier présent à la pensée. Maintenant plusieurs phénomènes, ou, ce qui revient au même, plusieurs mouvements, ne peuvent être l'objet d'une seule perception que s'ils sont harmoniques, c'est-à-dire s'il existe entre leurs vitesses et leurs directions des rapports faciles à saisir : car ce n'est qu'en appliquant à plusieurs choses une commune mesure que nous pouvons les percevoir comme une seule. Il en est de même des groupes de phénomènes qui correspondent à chacune de nos perceptions distinctes : pour que nous puissions les envelopper à leur tour dans une seule perception confuse, il faut qu'ils soient harmoniques à leur tour, ou plutôt qu'ils forment une suite mélodique, dont le premier accord retentisse, en quelque sorte, jusque dans le dernier. La première unité de la nature était l'unité purement extrinsèque d'une diversité radicale : la seconde est, au contraire, l'unité intrinsèque et organique d'une variété, dont chaque élément exprime et contient à sa manière tous les autres. Mais l'accord réciproque de toutes les parties de la nature ne peut résulter que de leur dépendance respective à l'égard du tout : il faut donc que, dans la nature, l'idée du tout ait précédé et déterminé l'existence des parties : il faut, en un mot, que la nature soit soumise à la loi des causes finales. Sans doute, cette preuve n'assure pas et ne pouvait pas assurer à la loi des causes finales le caractère de nécessité absolue qui n'appartient qu'a celle des causes efficientes : car la pensée peut tout concevoir excepté son propre anéantissement, et le mécanisme universel, qui fait de chaque phénomène une vérité, suffit, par cela même, pour assurer son existence. Mais cette existence purement abstraite serait pour elle un état d'évanouissement et de mort; et qu'elle doive, au contraire, puiser dans son commerce avec la réalité, la vie et le sentiment d'elle-même, c'est ce qu'elle n'hésite pas à décider par un acte, non de connaissance, mais de volonté.

Ce n'est pas seulement la pensée, c'est aussi la nature, que la loi des causes finales fait passer d'une existence abstraite à une existence réelle; et c'est dans la distinction de ces deux existences qu'il faut chercher la justification de celle que le sens commun a toujours établie entre nos connaissances et leurs objets. La seule existence que nous ayons jusqu'ici accordée à la nature con-

siste, en effet, dans la liaison nécessaire des phénomènes ; et, si cette existence est indépendante
de notre sensibilité, il faut bien convenir qu'elle
réside tout entière dans notre entendement. Nous
ne sommes donc pas sortis de nous-mêmes, et
nous ne voyons même pas comment nous pourrions en sortir : car rien ne nous est donné en
dehors des phénomènes, qui ne sont autre chose
que nos sensations, et de leurs rapports, qui
constituent notre propre pensée. Mais nous venons de reconnaître que les phénomènes ont
entre eux deux sortes de rapports : des rapports
de cause à effet, par lesquels ils forment dans le
temps une série continue ; et des rapports de
moyen à fin, sur lesquels repose l'unité harmoni-
que et systématique de la nature. Or nous avons
pu dire qu'un phénomène *existe*, en tant qu'il
dépend d'une cause qui le précède dans le temps,
puisque l'existence d'un phénomène ne saurait
être pour nous que la raison en vertu de laquelle ce
phénomène doit apparaître à la conscience. Nous
pouvons donc dire également que ce phénomène
existe, en tant qu'il concourt à réaliser une fin encore idéale : car cette fin est une nouvelle raison
qui détermine la production du même phénomène,
en vertu, non d'une nécessité absolue, mais d'un
principe d'ordre et de convenance. Cette seconde
définition de l'existence répond même mieux que

la première à l'idée que l'on se fait généralement
d'un *être* : car ce que l'on appelle de ce nom,
surtout lorsqu'il s'agit d'un être vivant, est précisément un groupe de phénomènes qui gra-
vitent, en quelque sorte, autour d'une fin commune. Ainsi la nature possède deux existences,
fondées sur les deux lois que la pensée impose
aux phénomènes : une existence abstraite, identique à la science dont elle est l'objet, qui repose
sur la loi nécessaire des causes efficientes; et une
existence concrète, identique à ce qu'on pourrait
appeler la fonction esthétique de la pensée, qui
repose sur la loi contingente des causes finales.
On ne peut donc pas dire que la nature soit absolument extérieure à la pensée, puisqu'elle
serait alors pour nous comme si elle n'était pas :
et, d'un autre côté, comme le mot *pensée* désigne
surtout la fonction logique de notre esprit, on
conçoit fort bien que la pensée, ainsi entendue,
se distingue de la nature, considérée comme objet
de perception et dans son existence réelle. Mais
ce n'est pas tout : tandis que le mécanisme de la
nature remplit, par une évolution continue, l'infini du temps et de l'espace, la finalité de cette
même nature se concentre, au contraire, dans une
multitude de systèmes distincts, quoique analogues les uns aux autres : et nous ne sommes, en
tant qu'individu, que l'un de ces systèmes, qui

doit à son organisation particulière la conscience réfléchie de lui-même et de ceux qui l'entourent. Ainsi, non-seulement la nature s'oppose à la science comme une pensée concrète à une pensée abstraite, mais cette pensée se résout à son tour dans les pensées individuelles qui forment l'unité de chaque système; et, bien que chacune de ces pensées, comme le croyait Leibniz, représente, ou plutôt enveloppe réellement toutes les autres, elles n'en constituent pas moins, par la seule différence de leurs points de vue, autant de substances indépendantes, tour à tour sujet et objet de la conscience universelle. L'unité téléologique de chaque être, voilà, sans préjudice du mode d'intuition auquel nous pourrons être élevés dans une autre vie, le véritable *noumène*, dont les phénomènes ne sont que la manifestation, et que nous saisissons dès à présent, non par une conception abstraite ou une sensation aveugle, mais par une perception sensible et intellectuelle tout ensemble. Peut-être faudrait-il aussi renverser le rapport des termes que nous avons empruntés à la langue de Kant, et dire que, si l'unité mécanique de la nature est objective par rapport aux simples modifications de notre sensibilité, elle n'est encore que subjective par rapport à l'unité téléologique, qui place l'existence des choses hors de notre entendement, et fait de la

pensée un objet pour elle-même. Mais, quelques
termes que l'on emploie, il est certain que la
science proprement dite ne porte que sur les conditions matérielles de l'existence véritable, qui
est en elle-même finalité et harmonie : et, puisque toute harmonie est un degré, si faible qu'il
soit, de beauté, ne craignons pas de dire qu'une
vérité qui ne serait pas belle ne serait qu'un jeu
logique de notre esprit, et que la seule vérité solide et digne de ce nom, c'est la beauté.

Mais nous pouvons aller plus loin encore : nous
pouvons établir que l'existence abstraite, qui
consiste dans la nécessité mécanique, a besoin
elle-même de trouver un point d'appui dans
l'existence concrète, qui n'appartient qu'à l'ordre
des fins, et qu'ainsi la finalité n'est pas seulement
une explication, mais la seule explication complète de la pensée et de la nature. Chaque phénomène, en effet, est déterminé mécaniquement,
non-seulement par tous ceux qui le précèdent dans
le temps, mais encore par tous ceux qui l'accompagnent dans l'espace : car ce n'est qu'en vertu
de leur causalité réciproque que plusieurs phénomènes simultanés peuvent être l'objet de la
même pensée et faire partie du même univers.
Or ces phénomènes sont, de part et d'autre, en
nombre infini : car un premier phénomène dans
le temps serait celui qui succéderait à un temps

vide, de même qu'un dernier phénomène dans l'espace devrait être contigu, au moins d'un côté, à l'espace lui-même : mais le temps et l'espace ne peuvent être en deçà ou au delà d'aucune chose, puisqu'ils ne sont point eux-mêmes des choses, mais de simples formes de notre intuition sensible. Il est évident, d'ailleurs, que la régression des effets aux causes doit remplir un passé infini, puisque chaque terme de cette régression n'a pas moins besoin que celui dont on part d'être expliqué par un précédent : l'explication mécanique d'un phénomène donné ne peut donc jamais être achevée, et une existence exclusivement fondée sur la nécessité serait pour la pensée un problème insoluble et contradictoire. Mais l'ordre des causes finales est affranchi de la contradiction qui pèse, en quelque sorte, sur celui des causes efficientes : car, bien que les diverses fins de la nature puissent jouer l'une à l'égard de l'autre le rôle de moyens, et que la nature tout entière soit peut-être suspendue à une fin qui la surpasse, chacune de ces fins n'en a pas moins en elle-même une valeur absolue et pourrait, sans absurdité, servir de terme au progrès de la pensée. Ce n'est donc que dans son progrès vers les fins que la pensée peut trouver le point d'arrêt qu'elle cherche vainement dans sa régression vers les causes proprement dites : et, si toute

explication doit partir d'un point fixe et d'une
donnée qui s'explique elle-même, il est évident
que la véritable explication des phénomènes n'est
pas celle qui descend des causes aux effets, mais
celle qui remonte, au contraire, des fins aux
moyens. Il n'y a, en effet, aucun inconvénient à
remonter à l'infini de condition en condition, si
l'on rattache chacune de ces conditions, non à
celle qui la précède dans le temps, mais à celle
qui la suit et qui l'exige : car on est toujours
libre de s'arrêter dans la série de ces exigences,
de même que, dans l'ordre du temps et de la
causalité, on ne pousse que jusqu'où l'on veut la
considération des effets d'une cause donnée. Sans
doute, nous ne pouvons pas échapper à la loi des
causes efficientes, ni oublier que la fin n'exige
les moyens que parce qu'elle les suppose, et ne
les suppose que parce qu'ils la produisent : et, d'un
autre côté, lorsqu'on voit le point de départ de
cette production prétendue reculer à l'infini devant le regard de la pensée, on est bien obligé de
convenir qu'elle n'est qu'une illusion de notre
entendement, qui renverse l'ordre de la nature
en essayant de le comprendre. Les vraies raisons
des choses, ce sont les fins, qui constituent, sous
le nom de formes, les choses elles-mêmes : la
matière et les causes ne sont qu'une hypothèse
nécessaire, ou plutôt un symbole indispensable,

par lequel nous projetons dans le temps et dans
l'espace ce qui est, en soi, supérieur à l'un et à
l'autre. L'opposition du concret et de l'abstrait,
de la finalité et du mécanisme, ne repose que sur
la distinction de nos facultés : une pensée qui
pourrait renoncer à elle-même pour se perdre,
ou plutôt pour se retrouver tout entière dans les
choses, ne connaîtrait plus d'autre loi que l'harmonie, ni d'autre lumière que la beauté.

Ce n'est donc pas, comme nous l'avions cru,
l'universelle nécessité, c'est plutôt la contingence
universelle qui est la véritable définition de l'existence, l'âme de la nature et le dernier mot de la
pensée. La nécessité réduite à elle-même n'est
rien, puisqu'elle n'est pas même nécessaire : et
ce que nous appelons contingence, par opposition
à un mécanisme brut et aveugle, est, au contraire,
une nécessité de convenance et de choix, la seule
qui rende raison de tout, parce que le bien seul
est à lui-même sa raison. Tout ce qui est doit être,
et cependant pourrait, à la rigueur, ne pas être :
d'autres possibles, suivant Leibniz, prétendaient
aussi à l'existence et ne l'ont pas obtenue, faute
d'un degré suffisant de perfection : les choses sont
à la fois parce qu'elles le veulent et parce qu'elles
le méritent.

VII

La loi des causes finales va maintenant nous fournir, sur la nature des phénomènes eux-mêmes, certaines indications qui serviront peut-être à compléter celles que nous avons tirées de la loi des causes efficientes.

Nous ne pouvons nous représenter que de trois manières le rapport qui s'établit, dans un système de phénomènes, entre la fin et les moyens : ou, en effet, la fin exerce sur les moyens une action extérieure et mécanique; ou cette action est exercée, non par la fin elle-même, mais par une cause qui la connaît et qui désire la réaliser : ou enfin les moyens se rangent d'eux-mêmes dans l'ordre convenable pour réaliser la fin. La première hypothèse est absurde, puisque l'existence de la fin est postérieure dans le temps à celle des moyens : la seconde est inutile et se confond avec la troisième, car la cause à laquelle on a recours n'est qu'un moyen, qui ne diffère pas essentiellement des autres, et auquel on accorde, par une préférence arbitraire, la spontanéité qu'on leur refuse. La connaissance, par la-

quelle on explique l'action de cette cause, ne la
produit pas, ou ne la produit que par accident :
car l'objet de sa connaissance ne peut devenir le
terme de son action que si elle se le représente
comme un bien, et elle ne peut se le représenter
comme un bien que si cet objet sollicite son acti-
vité par lui-même et par un attrait indépendant
de toute connaissance. Tout phénomène, ou, ce
qui revient au même, tout mouvement, est donc
le produit d'une spontanéité qui se dirige vers
une fin : mais une spontanéité dirigée vers une fin
est une tendance, et une tendance qui produit un
mouvement est une force : tout phénomène est
donc, non une force, mais le développement et la
manifestation d'une force. Cette nouvelle définition des phénomènes, loin de détruire celle
que nous avons admise plus haut, achève de
nous la faire entendre : car le mouvement lui-
même ne subsiste que par la force, en vertu
de laquelle le mobile sort à chaque instant de
la place qu'il occupe pour entrer dans une autre.
Il y a, en effet, dans tout mouvement, deux choses
qu'il est impossible de séparer, et qu'il importe
cependant de ne pas confondre : l'une est la production indéterminée d'un mouvement qui s'a-
joute à la somme des mouvements antérieurs ;
l'autre est la détermination particulière de ce
même mouvement à une certaine direction et à

une certaine vitesse. Or nous avons bien expliqué pourquoi un mouvement qui succède à un autre doit conserver autant que possible la même direction et la même la vitesse : mais pourquoi cette succession, sinon parce que chaque mouvement enveloppe une tendance à un mouvement ultérieur, et pourquoi cette tendance elle-même, sinon parce que chaque état de la nature ne s'explique que par celui qui le suit, et son existence tout entière que par un progrès continu dans l'harmonie et dans la beauté? Le mouvement ne répond à la loi des causes efficientes qu'en tant qu'il est toujours un et équivalent à lui-même : en tant qu'il est toujours divers et qu'il ne cesse d'offrir un nouvel objet à la pensée, il n'a plus rien de nécessaire ni de mécanique, mais il appartient exclusivement au dynamisme et à la téléologie de la nature.

Nous avons considéré plus haut les qualités secondes comme des modes du mouvement : nous devons les considérer maintenant, non comme des modes, mais comme des effets de la force : la première explication entraine la seconde, qui, à son tour, complète la première. Si, en effet, ces qualités ne reposaient que sur le mouvement, il serait impossible de comprendre comment elles nous affectent par des sensations d'une intensité appréciable : car le mouvement est, en lui-même, un phénomène purement extensif, qui ne s'adresse qu'à notre imagination et qui n'appartient pas à l'ordre de la qualité, mais à celui de la quantité. Il faut donc, ou que ces sensations, en tant que telles, n'aient aucun fondement hors de nous, ou qu'il y ait quelque chose d'intensif dans les phénomènes dont elles procèdent : mais ce quelque chose ne peut être que l'action d'une force, et cette action ne peut s'exercer que sur une autre force, qui agit à son tour sur la première. Toute sensation est la conscience, au moins indirecte, du conflit de deux forces ; mais nous avons une conscience directe de ce conflit lorsque nous déployons un effort volontaire, soit pour produire un mouvement et surmonter une résistance, soit pour résister nous-mêmes au mouvement d'un corps qui pousse ou entraîne le nôtre. Nous percevons alors tout à la fois le mouvement par le mouvement et la force par la force ; et nous nous trouvons en présence d'un monde qui nous est, pour ainsi dire, deux fois extérieur, puisque notre propre force ne nous paraît pas moins distincte des forces étrangères que toutes ces forces ensemble de nous-mêmes et de notre pensée. Le sens commun a donc raison, non-seulement contre l'idéalisme vulgaire, mais encore contre ce qu'on pourrait appeler l'idéalisme mathématique de Descartes : le véritable monde ne se compose ni de pures sensations, ni même d'idées claires, mais d'actions physiques et réelles, dont le mouvement n'est que la mesure et dont tout le reste n'est que l'apparence. Mais un monde de réalités physiques n'est pas un monde d'entités métaphysiques : la force n'est pas plus une chose en soi que le mouvement, ou plutôt la force et le mouvement ne sont que les deux faces opposées du même phénomène, saisi par le même sens, d'un côté sous la forme du temps et de l'autre sous celle de l'espace. Nous ne connaissons d'autre existence absolue que la double loi des causes efficientes et des causes finales : mais nous ne pouvons comprendre la finalité que si elle se réalise dans la tendance au mouvement, de même que nous ne pouvons nous représenter la nécessité que sous la figure du mouvement lui-même. Entre l'unité extensive de la pensée et la diversité des apparences sensibles, il fallait un moyen terme, et nous l'avons trouvé dans le mouvement : entre cette même diversité et l'unité intensive de la pensée il en fallait un second, et nous venons de le trouver dans la force.

Dans une nature où tout est à la fois nécessité et finalité, mouvement et tendance, le mécanisme physiologique n'exclut pas la vie, et la liberté peut se concilier avec le déterminisme des actions humaines.

Un être vivant, à ne le considérer que du dehors, est un corps organisé, c'est-à-dire composé de parties hétérogènes dont chacune concourt, par un genre particulier de mouvements, à la conservation du tout. L'organisation n'est donc qu'une forme de la finalité : mais, si la finalité est, dans tous les phénomènes, le ressort caché du mécanisme, il n'y a rien dans la formation d'un organisme qui excède le pouvoir ordinaire de la nature, et qui exige l'intervention d'un principe spécial. Dira-t-on qu'il y a un abîme entre un caillou informe et le plus humble des végétaux ? Sans doute : mais ce caillou n'est pas un être complet : ce n'est qu'un fragment détaché de l'une des couches qui composent l'écorce de notre globe ; ce globe fait partie à son tour d'un système planétaire, et qui sait si un tel système n'est pas une ébauche et un rudiment d'organisme ? Nous ne prétendons, du reste, ni combler l'intervalle qui sépare la matière brute de la matière vivante, ni expliquer comment la nature a réussi à le franchir : mais nous n'hésitons pas à affirmer qu'elle devait le franchir, et qu'elle devait même créer une hiérarchie d'organismes analogue, sinon semblable, à celle que nous connaissons. La loi des causes finales exige, en effet, de la part des phénomènes, non un degré quelconque, mais le plus haut degré possible d'ordre et d'harmonie : or le progrès de l'organisation consiste précisément dans la multiplicité croissante des mouvements qui composent un seul système et que nous embrassons dans une seule perception. Mais la vie a un caractère plus intérieur et, en quelque sorte, plus spirituel que l'organisation : elle consiste surtout, ce semble, dans la tendance de chaque organe à remplir la fonction qui lui est assignée, et c'est cette tendance que l'on croit expliquer en la réalisant, sous le nom de force vitale, dans un principe distinct de l'organisme. Or nous savons déjà que tout phénomène est le produit d'une force : nous sommes donc tout prêts à reconnaître dans les phénomènes vitaux l'action d'une force vitale : nous ne contestons même pas l'unité de cette force, et cependant nous croyons qu'elle n'est pas substantiellement distincte des forces motrices qui agissent dans chacune des molécules vivantes. Si, en effet, la force était une chose en soi, il serait contradictoire de se la représenter comme une et multiple à la fois : mais si elle n'est que la tendance du mouvement vers une fin, on peut admettre sans contradiction qu'il y a dans l'univers autant de forces que de mouvements, et que plusieurs mouvements qui tendent vers une seule fin sont l'expression d'une seule force. C'est ainsi que l'on peut concilier, dans l'explication des phénomènes célestes, la théorie de l'impulsion avec celle de l'attraction universelle ; c'est ainsi que l'on peut maintenir la hiérarchie entière des forces chimiques et vitales, à titre, non d'entités, mais d'*idées* directrices et de désirs efficaces de la nature. Mais chacune de ces forces n'en subsiste pas moins réellement et en elle-même : elles ne sont point les résultantes de plus en plus complexes d'un certain nombre de forces simples, car cette simplicité prétendue n'est que le terme imaginaire d'une résolution indéfinie, et il n'y a pas plus d'atomes de force que d'atomes d'étendue. Ce ne sont pas les puissances supérieures de la nature qui résultent de l'union accidentelle des puissances inférieures : ce sont au contraire les secondes qui sont contenues éminemment dans l'unité essentielle des premières, et qui ne s'en dégagent que par une sorte de morcellement, ou, pour mieux dire, de réfraction.

Cependant la vie présente, au moins sous sa forme la plus élevée, un troisième caractère : l'animal se perçoit lui-même, il perçoit plus ou moins distinctement les êtres qui l'entourent : n'a-t-il donc pas une âme, qui s'oppose à la fois à son propre corps et aux corps étrangers, ou peut-on, sans absurdité, accorder à la matière le plus faible degré de conscience? La réponse est

bien simple : le mouvement développé dans l'é-
tendue n'a pas conscience de lui-même, puisqu'il
est, pour ainsi dire, tout entier hors de lui-
même; mais le mouvement concentré dans la
force est précisément la perception, telle que l'a
définie Leibniz, c'est-à-dire l'expression de la
multitude dans l'unité. On pourrait donc soutenir
qu'il n'y a pas de force qui ne se perçoive elle-
même, en percevant le mouvement qu'elle engendre; mais l'existence de la perception proprement dite paraît attachée à deux conditions
particulières, que la nature n'a réalisées que par
degrés et l'une après l'autre. Il faut d'abord que
la force et le mouvement, au lieu de se disperser
dans le temps et dans l'espace, se rassemblent
dans un certain nombre de systèmes : et il faut
ensuite que le détail de ces systèmes se ramasse
encore en se réfléchissant dans un petit nombre
de foyers, où la conscience s'exalte par une sorte
d'accumulation et de condensation. Dira-t-on
que, lors même que chacune des forces qui composent un centre nerveux serait douée de conscience, il est impossible de comprendre comment
toutes ces consciences isolées se confondent en
une seule? Ce serait oublier encore une fois que
la force n'est pas une chose en soi, et que, si l'on
peut dire qu'il y a plusieurs forces, là où il y a plusieurs mouvements, il est également juste de dire

qu'il n'y en a qu'une, là où il n'y a qu'un système et qu'une *idée* de la nature. Nous sommes
donc parfaitement libres d'admettre que la conscience réside dans une force unique, et de donner
même à cette force le nom d'âme : mais nous ne
devons pas oublier que ce nom ne désigne que
l'unité dynamique de l'appareil perceptif, de
même que la vie proprement dite n'est que l'u-
nité dynamique de l'organisme tout entier. Cette
âme n'en est pas moins, même chez les animaux
inférieurs, profondément distincte du corps ; car,
non-seulement elle concentre à chaque instant
dans son unité tout le détail de leurs mouvements
organiques, mais, en mêlant à l'obscure conscience
de leur état présent une conscience plus obscure
encore de leurs états passés, elle leur donne
comme une seconde vie, qui recueille et conserve
tout ce qui s'écoule de la première. Mais à mesure que l'appareil perceptif devient plus ferme
et plus délicat, l'âme étend, avec la sphère de
son action, celle de son existence : les images
distinctes des objets extérieurs se combinent dans
une proportion toujours croissante avec les impressions confuses qui procèdent des viscères, de
sorte que l'on peut dire des animaux les plus
parfaits qu'ils existent à la fois en eux-mêmes et
dans tout ce qui les entoure. Dans l'homme, la
nature fait un pas de plus : en substituant à un

jeu d'images trop borné et trop assujetti aux in-
fluences organiques des signes toujours dispo-
nibles, et qui suffisent pour représenter tous les
êtres, parce qu'ils n'en représentent que les caractères généraux, elle achève de dégager l'âme
du corps, pour la répandre en quelque façon sur
tout l'univers. Sans doute, cette âme, identique
aux choses qu'elle représente, et qui n'est, suivant la pensée d'Aristote, que la forme des formes, n'est pas celle pour laquelle nous espérons
un avenir éternel : mais cette sublime espérance
ne peut se justifier que par des considérations
morales, qui sont absolument étrangères à l'objet
de cette étude.

C'est aussi en dehors de toute considération
morale que nous essaierons de concilier la liberté, dont chacun de nous a conscience dans la
poursuite des biens sensibles, avec le déterminisme, sans lequel l'homme cesserait d'être une
partie de la nature. Cette conciliation est, du
reste, préparée par celle que nous venons d'établir entre le mécanisme et la vie : car on pourrait
dire que la nature fait preuve d'une sorte de liberté, chaque fois qu'elle produit d'elle-même et
sans modèle une nouvelle forme organique. Il y
a aussi quelque chose de libre dans l'art que
déploient un grand nombre d'animaux pour
construire leur demeure ou surprendre leur

proie : mais on ne peut pas dire que cette liberté
leur appartienne, parce que la nature a formé
pour eux, et une fois pour toutes, le plan d'après
lequel ils travaillent. La liberté semble consister,
en effet, dans le pouvoir de varier ses desseins et
de concevoir des idées nouvelles; et la loi des
causes finales exigeait absolument qu'il existât
une telle liberté, puisque l'unité systématique de
la nature ne pouvait se réaliser que par une suite
d'inventions originales et de créations proprement dites. Seulement, il y a dans la nature deux
sortes d'idées : il y en a, comme celles que l'on a
appelées organiques, qui sont des êtres en même
temps que des idées, et qui produisent elles-
mêmes, par une action immédiate et intérieure,
la forme sous laquelle elles se manifestent. Il y
en a d'autres, au contraire, qui sont de pures
idées, et qui se bornent à diriger l'action d'un
être dans lequel elles résident : telle est, par exemple, l'idée du nid, qui n'existe par elle-même que
dans l'imagination de l'oiseau, et qui n'est que la
règle des mouvements par lesquels il la réalise
dans une matière étrangère. Or, tant que l'homme
n'a pas paru sur la terre, la nature se montre
surtout prodigue d'idées réelles, c'est-à-dire
qu'elle crée une immense variété d'espèces végé-
tales et animales, tandis qu'elle ne donne à chacune de ces dernières qu'un petit nombre de types

d'action à peu près invariables, qui composent ce
que l'on appelle son instinct. Mais l'avénement
de l'humanité renverse le rapport de ces deux
sortes d'idées : car, d'une part, nous ne voyons
plus naître aucune espèce nouvelle, et de l'autre,
le privilége de notre intelligence est d'inventer à
son tour, et de concevoir un nombre infini de
pures idées, que notre volonté s'efforce ensuite
de réaliser au dehors. L'oiseau ne construit que
son nid, qui est une sorte de prolongement de son
propre corps : l'homme change la face de la terre,
et fabrique, pour son service, des corps analogues au sien, qu'il anime d'une sorte de vie em-
pruntée et artificielle. Mais ce qu'il y a de plus
remarquable, c'est que ses idées ne se rapportent
pas toutes à sa conservation : celles de ses œuvres
auxquelles il attache le plus de prix sont précisément celles qui le surpassent en quelque sorte,
et qui lui présentent l'image embellie de ses
traits ou de ses actions. La fécondité de la nature se retrouve donc tout entière, quoique sous
une autre forme, dans la liberté de l'homme; et
cette transformation est un progrès en même
temps qu'une décadence, puisqu'il était réservé
au travail superficiel de l'homme d'introduire
dans les choses un degré d'harmonie et de beauté
qui manquait encore aux œuvres vivantes de la
nature. Mais, si la nature n'a eu qu'à laisser agir

les lois du mouvement pour varier à l'infini
la constitution intérieure des êtres qu'elle a
créés, pourquoi l'homme ne pourrait-il, sans
déroger à ces mêmes lois, varier ses actes extérieurs et la forme qu'il imprime aux corps qui
l'entourent?

On trouvera peut-être que cette explication de
la liberté ne répond guère à la définition que l'on
en donne ordinairement : mais il n'est pas difficile de montrer que cette définition est fausse et
que, faute de voir la liberté où elle est, on la
cherche là où elle n'est pas, et où elle ne peut
pas être. Le miracle de la nature, en nous comme
hors de nous, c'est l'invention, ou la production
des idées; et cette production est libre, dans le
sens le plus rigoureux du mot, puisque chaque
idée est, en elle-même, absolument indépendante
de celle qui la précède, et naît de rien, comme un
monde. Maintenant il est certain que l'homme
ne se trouve pas, à l'égard des idées qu'il produit,
dans la même situation que les animaux à l'égard
de celles que la nature leur a données : car ces
derniers n'ont, pour chaque genre d'action,
qu'un type dont ils ne s'écartent jamais, et qu'ils
réalisent, non par une volonté réfléchie, mais
sous l'influence d'une sorte de fascination.
L'homme seul veut avant d'agir, parce que seul
il peut, à l'aide du langage, se représenter dis-

tinctement son action future : et il ne veut qu'après avoir délibéré, c'est-à-dire comparé plusieurs manières d'agir également possibles, parmi lesquelles il choisit celle qui lui semble la meilleure. Or c'est dans ce choix, ou dans la volonté qui en est inséparable, que la plupart des philosophes placent aujourd'hui la liberté : et cette liberté consiste, suivant eux, en ce que la volonté détermine l'action qui la suit, sans être déterminée elle-même par la délibération qui la précède. Nous avons déjà rejeté, au nom de l'expérience, l'hypothèse d'un choix arbitraire qui rendrait la délibération inutile et la volonté déraisonnable : mais cette erreur psychologique, insoutenable si on la considère en elle-même, emprunte toute sa force à une erreur métaphysique, qu'il est beaucoup plus difficile de déraciner. On trouve que les idées sont quelque chose de trop subtil pour subsister en elles-mêmes et pour susciter par elles-mêmes l'action qui les réalise : on fait donc de la volonté une substance, ou du moins la faculté d'une substance dont elles ne sont que l'accident, et qui produit, à titre de cause efficiente, ce qu'on les déclare incapables de produire à titre de causes finales. On convertit ainsi dans l'homme, et, par une irrésistible analogie, dans le reste de l'univers, la finalité en mécanisme : et l'on viole en même temps la loi fondamentale du mécanisme, puisqu'on attribue à la volonté le pouvoir de commencer une série de phénomènes qui ne se rattache à aucune autre. La volonté, telle que nous l'avons définie, n'est ni une chose en soi, ni même une puissance concrète et active : elle n'est que la réflexion d'une tendance sur elle-même, et c'est par une sorte d'idolâtrie de l'entendement que l'on cherche dans cette réflexion le principe de l'action qu'elle éclaire. Nous pouvons bien éprouver une sorte de conflit entre plusieurs tendances, mais nous n'avons pas besoin de le terminer par une décision arbitraire: ce n'est pas seulement en nous que les possibles luttent pour parvenir à l'existence, et le discours intérieur, qui les distingue et qui les compare, ne prononce pas entre eux plus sûrement que la sagesse muette de la nature. L'invention seule est libre, parce qu'elle ne dépend que d'elle-même et qu'elle décide de tout le reste : et ce qu'on appelle notre liberté est précisément la conscience de la nécessité en vertu de laquelle une fin conçue par notre esprit détermine, dans la série de nos actions, l'existence des moyens qui doivent à leur tour déterminer la sienne.

Ainsi l'empire des causes finales, en pénétrant, sans le détruire, dans celui des causes efficientes, substitue partout la force à l'inertie, la vie à la mort et la liberté à la fatalité. L'idéalisme matérialiste, auquel nous nous étions un instant arrêtés, ne représente que la moitié, ou plutôt que la surface des choses : la véritable philosophie de la nature est au contraire un réalisme spiritualiste, aux yeux duquel tout être est une force, et toute force une pensée qui tend à une conscience de plus en plus complète d'elle-même. Cette seconde philosophie est, comme la première, indépendante de toute religion : mais, en subordonnant le mécanisme à la finalité, elle nous prépare à subordonner la finalité elle-même à un principe supérieur, et à franchir, par un acte de foi morale, les bornes de la pensée en même temps que celles de la nature.

FIN.

Vu et lu :

À Paris, en Sorbonne, ce 24 juin 1870,
par le Doyen de la Faculté des lettres de Paris,

PATIN.

Vu et permis d'imprimer :
Le Vice-Recteur de l'Académie de Paris,

A MOURIER.

9 782329 752075